Die Aktentasche

Dieter Kermas

Die Aktentasche

Bibliografische Information der Deutschen
Nationalbibliothek:
Die Deutsche Nationalbibliothek verzeichnet
diese Publikation in der Deutschen National-
bibliografie; detaillierte bibliografische Daten
sind im Internet über http://dnb.dnb.de ab-
rufbar.

Umschlaggestaltung: Dieter Kermas
Herstellung und Verlag: BoD – Books on
Demand, Norderstedt

ISBN   9783757860912

Die Aktentasche

Im Haus der Familie Lamot in Weinheim steht der Sommerurlaub an. Die Kinder Margot und Lars freuen sich auf den Urlaub, denn in den Ferien geht es wieder ans Meer.

Peter Lamot erinnert sich, ihre Schwimmflossen und die Tauchmasken vor zwei Jahren auf dem Boden verstaut zu haben.

In einem ehemaligen Reisekorb, der weiß wie lange schon hier oben liegt, findet Peter die gewünschten Sachen. Nicht ganz, denn eine der Schwimmhilfen fehlt. Er wühlt sich weiter durch den Inhalt und hält unerwartet eine recht große, abgegriffene lederne Aktentasche in den Händen. Achtlos legt er sie neben den Korb, um die zweite Flosse zu finden. Als er sie entdeckt hat, und im Begriff ist, die Tasche wieder in den Korb zu legen, stutzt er.

Ist das die Aktentasche, die jahrelang in der Besenkammer in einem Regal lag, ehe seine Mutter ihren Mann darum bat, sie endlich zu entsorgen? Sein Vater Paul tat sich schwer mit dieser Aufforderung. Die mit ihr verknüpften Erinnerungen bewogen ihn, sie nicht wegzuwerfen, sondern heimlich auf den Boden zu bringen.

Vielleicht birgt sie ein Geheimnis, überlegt Peter. Seinen Vater kann er nicht mehr fragen, ist er doch Ende der neunziger Jahre verstorben. Mit der Taucherausrüstung und der Tasche erscheint er auf der Terrasse. Die Kinder ziehen sich die Flossen und die Masken an und watscheln kurz danach, wie auf Land geworfene Frösche durch den Garten.

»Du willst doch nicht allen Ernstes die alte, schäbige Aktentasche in den Urlaub mitnehmen?«, wundert sich Lamots Frau.

»Nein, keine Sorge, ich will sie nur noch einmal gründlich durchsuchen, ehe ich sie wegwerfe«.

Seine Frau hat dem Drängeln der Kinder nachgegeben und ist mit ihnen zum nahegelegenen See aufgebrochen.

Er setzt sich in den Sessel unter den Sonnenschirm und schaut ins Innere der Tasche. Im Hauptfach fällt ihm ein kurzer, stumpfgeschriebener, Bleistiftstummel in die Finger. Nachdem die erste Vortasche leer ist, bleibt nur die Zweite übrig. Sie enthält nichts. Er will nicht glauben, dass die schäbige Tasche an sich der Grund war, sie aufzuheben. Da steckt mehr dahinter. Peter sucht weiter. Innen fühlt er eine kleine Kante über die Breite der Tasche. Mühsam gelingt es ihm, das Geheimfach auf-zudrücken. Seine tastenden Finger finden ein flaches Päckchen, das so breit wie die Tasche ist.

Er zieht es heraus.

Er öffnet das Ölpapier und es fallen ihm meh-rere, nebeneinanderliegende Stapel Notiz-blät-ter in die Hände. War das der Grund, warum Paul die Tasche nicht weggeworfen hatte? Er erkennt sofort die markante Handschrift des Vaters. Er beginnt die, besonders kleinge-schriebenen Zeilen, zu entziffern. Alle Blätt-chen enthalten oft mehr als eine Datumsan-gabe. Peter holt sich die Brille, um die kleine Schrift zu lesen.

------

21. März 1945.

Seit dem 14. März 45 sind wir, nach einer Explosion, im Berg eingeschlossen. Unsere Hoffnung, bald gefunden zu werden, hat sich zerschlagen. Vermutlich werden wir uns selber den Weg in die Freiheit graben müssen. Gott sei Dank haben wir ein Lebensmitteldepot entdeckt. Die Kameraden Barski, Aumüller, Ullmann und Krawuttke sind noch optimistisch. ...

30. April 1945.

Die ewige Dunkelheit, die feuchtkalte Luft und das langsame Vordringen beim Graben zerren an den Nerven. Es kommt zu Meinungs-differenzen. ...

10. Mai 1945.

Wir sind uns sicher, dass die Amerikaner, die nicht weit entfernt waren, jetzt hier sind.

Daher gibt es keine Hoffnung mehr, von den eigenen Leuten befreit zu werden. Wir müssen, graben, graben und noch einmal graben. Das Pervitin hilft durchzuhalten. ...

7. September 1945.

Es hat einen Todesfall gegeben. Kamerad Werner Ullmann hat sich erschossen. ...

Peter hatte die Blätter nicht nach dem Datum sortiert, sondern las die Seite, die ihm in die Hände fiel. Mein Gott, hier liegt Vaters tragische Lebensgeschichte als Gefangener im Berg, minutiös aufgeschrieben, vor mir. Jetzt dämmerte es ihm, warum Paul sich nicht von der Aktentasche trennen konnte.

Er nahm die nächsten Zettel und vertiefte sich wieder in das Geschriebene.

Langsam breiten sich die Ereignisse ab März 1945 vor ihm aus.

1

Das heftige Frühlingsgewitter im März 1945 hüllte das Lager in einen nassen Dunstschleier.

Verließ man die befestigten Wege, blieben die Knobelbecher im Morast stecken. Selbst die geländegängigen Kübelwagen hatte Mühe, sich aus der zähen Umklammerung der lehmigen Erde zu befreien. Mit eingezogenen Köpfen, als ob das vor dem Regen schützen würde, hasteten die Soldaten über das Gelände.

Am Standort der Organisation Todt, einer paramilitärischen Bautruppe, spürte jeder die zunehmende Nervosität. Die Bauarbeiten an den unterirdischen Hallen im Berg wurden von einem Tag auf den anderen eingestellt. Man hatte sich im Bergmassiv eingraben müssen, um bombensichere Produktionsstätten, für die neusten Flugkörper, wie die V2, zu haben. Die oberirdischen Rüstungsfabriken waren fast alle durch die alliierten Bombenangriffe zerstört.

Seit dem frühen Morgen verließen Häftlinge und Kriegsgefangene, in langen grauen Kolonnen zu Fuß das Arbeitslager mit unbekanntem Ziel. Die Zwangsarbeiter wurden nicht mehr gebraucht.

Die Sturmmänner Paul Lamot und Werner Ullmann von der Waffen-SS standen, etwas vom Regen geschützt, leicht frierend, an eine Barackenwand gelehnt und rauchten. Sie sind bereits eine Weile zusammen und duzen sich.

»Haste schon bemerkt, dass unsere höheren Offiziere seit einigen Tagen nicht mehr zu sehen sind?«, erkundigte sich Ullmann bei dem Kameraden.

»Ist mir bereits aufgefallen. Vielleicht ist was dran, an dem Gerücht, dass die Amerikaner bald hier sein werden«, flüsterte Lamot und setzte hinzu: »Ist wohl sicherer, darüber nicht laut nachzudenken, oder?«, wobei ein Grinsen über sein Gesicht glitt.

Jakob Aumüller, der dritte Sturmmann, kam angeschlendert, schüttelte das Wasser von der Mütze und berichtete, er hätte gehört, dass das Lager in Kürze aufgelöst wird. Er lächelte dabei und ließ durchblicken, dass er dann bereits zu Hause wäre.

»Also doch. Deshalb die Hektik in den letzten Tagen. Genau wie wir es geahnt haben«, bestätigte Lamot. Er bot ihm eine Zigarette an, die Aumüller dankend annahm, sie an der von Lamot anbrannte und einen tiefen Zug nahm.

»In Anbetracht der Latrinengerüchte habe ich den Eindruck, der Endsieg rückt immer weiter in die Ferne. Vor ein paar Wochen hätte ich mich noch nicht getraut, so offen darüber zu sprechen. Man wusste ja nie, wer da zuhört«, verkündete er und sah die Kameraden an.

Lamot setzte eine todernste Miene auf, schaute Aumüller streng an und erwiderte: »So, so, und du bist dir sicher, dass wir deine defätistische Gesinnung nicht melden werden?«

»Bin ich, sonst hätte ich's Maul gehalten«, meite der Angesprochene und nahm einen weiteren Zug.

»Ich bin gespannt, welche Aufgaben man uns bis zur Niederlage noch verpassen wird«, argwöhnte Ullmann.

Die Gedanken hierüber wurden ihnen umgehend abgenommen.

Um die Ecke der Baracke schob sich die große, hagere, vom Regen triefende Gestalt von Sturmbannführer Fritz Barski.

Die drei warfen ihre Kippen in die nächste Pfütze und nahmen Haltung an.

»Komme gerade vom Obersturmbannführer

Krause«, schnarrte er.

»Wir«, und dabei richtete er seinen kalbsaugenblauen Blick auf die Männer, »haben einen Sonderauftrag erhalten, der sofort auszuführen ist. In zwanzig Minuten treffen wir uns vor Tunneleingang Berta«.

»Jawoll Sturmbannführer, in zwanzig Minuten vor Tunneleingang Berta «, ertönte es aus den Kehlen. Nur das Hackenzusammenschlagen gelang durch den Matsch nicht formvollendet.

Barski verschwand so eilig, wie er gekommen war.

»Sonderauftrag, was wird das wohl heißen?«, murrte Lamot. »Vielleicht dauert es länger. Ich hole mir schnell ein paar Zigaretten«, verkündete er und stapfte durch die Pfützen in Richtung zu den Unterkünften.

»Bring mir bitte zwei Packungen mit«, rief ihn Ullmann nach und Lamot winkte mit der Hand als Einverständnis.

Die Sonne hatte es inzwischen geschafft, einige Löcher in die Wolkendecke zu brennen und fing an mit ihren warmen Strahlen, das Wasser aus den Pfützen aufzusaugen. Nur die Schneeflächen oben auf dem Muschelkalkberg schimmerten weiß und frisch, wie mitten im Winter.

Preußisch pünktlich standen Lamot, Ullmann und Aumüller am Eingang zum Tunnel Berta. Aumüller sah mit verkniffenem Mund auf seine Stiefelspitzen und murmelte, gerade noch für die Umstehenden hörbar: »Mein Urlaub ist gestrichen worden«.

Ehe ihn die Kameraden fragen konnten, warum die Erlaubnis zurückgenommen wurde, kam Barski in diesem Moment, mit einem neuen Mann im Schlepptau, und einer dicken, braunen Aktentasche in der rechten Hand, angestiefelt.

»Achtung, der Alte kommt«, warnte Lamot die Wartenden. Obgleich Barski nur etwa zwanzig Jahre älter war, sprachen sie vom ‚Alten‘. Mag sein, dass nicht nur die respekteinflößende Größe und die stets mürrische Miene mit dazu beitrugen, sondern auch seine kompromisslose Art, Befehle zu erteilen, die keinen Widerspruch duldete. Lamot sah auf die Uniform des Vorgesetzten. Bisher hatte er nicht gewagt, zu fragen, bei welchem Feindeinsatz Barski verletzt wurde. Das schwarze Verwundetenabzeichen auf der linken Brustseite war ein Zeichen dafür.

Barski hielt es nicht für nötig, den Hinzugekommenen vorzustellen, sondern eilte wortlos voraus zum Eingang.

Lamots Blick wanderte noch einmal zurück auf das rege Treiben im Lager. Er sah die Wachmannschaften für die Zwangsarbeiter in Reih und Glied zum Abmarsch angetreten, mehrere Lastwagen, die auf die Beladung warteten und einen Schützenpanzer, der vermutlich zu ihrem Schutz am Ausgang stand. Die Sonne schien so grell durch die Wolkenlücken, dass er die Augen mit der Hand schützte. Ein Krähenschwarm, der krächzend am blassblauen Himmel Richtung Süden zog, ließ ihn hochschauen. Er sah ihnen nach, bis sich die Konturen im Licht auflösten.

Er drehte sich um und folgte den Männern. Er ahnte nicht, dass ihn diese Bilder für lange Zeit begleiten würden.

An die schlagartige Dunkelheit, die sie umgab, mussten sich ihre Augen ein paar Minuten gewöhnen. Barski hatte einen Stapel Zeichnungen, die mit dem Vermerk ,Streng geheim' versehen waren, aus der Aktentasche genommen, aufgefaltet und sich das erste Blatt zurechtgelegt. Er griff erneut in die Tasche und holte Taschenlampen heraus, die er verteilte. Die trübe Stollenbeleuchtung reichte nicht aus, die Pläne zu lesen. Er befahl Ullmann:

»Leuchten!«.

Dann hatte er sich orientiert und lief, ohne ein weiteres Wort, mit großen Schritten den Stollen entlang und bog nach etwa fünfzig Metern links in einen Querstollen ab.

Auf dem Weg dorthin, stellte sich der hinzugekommene Mann bei den Kameraden vor:

»Jestatten, Oberscharführer Karl Krawuttke aus Berlin«. Sie nannten ebenfalls ihre Namen und den Dienstrang.

»Noch ein Vorgesetzter«, murmelte Ullmann, den kleinen, drahtigen Neuen von der Seite her unauffällig musternd.

In dem von Baulärm sonst beherrschten Berginneren herrschte gespenstische Stille. Nur das Klacken der benagelten Stiefel auf dem Felsboden hallte von den Wänden wider. Die feuchte Kühle ließ sie frösteln. Lamot stellte sich vor, er hätte als Zwangsarbeiter unter den unmenschlichen Bedingungen hier Tag und Nacht schuften müssen. Ein beklemmendes Gefühl stieg in ihm hoch. Fast hätte er sich umgedreht, um zurück in den sonnigen Frühlingstag zu fliehen.

Nach weiteren einhundert Metern, zwischendurch hatte sich Barski vergewissert, sich in der richtigen Tunnelanlage zu befinden, blieb er stehen.

»Gestatten Obersturmbannführer eine Frage«, meldete sich Lamot, »was ist unsere Aufgabe hier im Berg?«

Barski der sich in die Karte vertieft hatte, hob etwas den Kopf und antwortete kurz angebunden: »Der Befehl lautet, die angebrachten Sprengladungen zu kontrollieren, ob sie bereit für die Zündung sind«.

»Was für Sprengungen, Obersturmbannführer?«, setzte Lamot nach.

»Stellen Sie nicht so viele Fragen, Lamot. Mehr als dass die Sache von höchster Geheimhaltung und Dringlichkeit ist, kann ich Ihnen nicht sagen«, erwiderte Barski und am Tonfall war zu erkennen, dass er keine weitere Diskussion wünschte. Ullmann hatte tiefer in den Stollen geleuchtet und in einer Entfernung von etwa zwanzig Metern eine zweiflüglige Blechtür entdeckt.

Ehe er sich Gedanken darüber machen konnte, was dort gelagert sein könnte, hörte er Barski: »Ullmann, leuchten Sie mal hier die Wände ab. Hier müssten sich die Sprengladungen für diesen Tunnelabschnitt befinden«.

Ullmann fand die gebohrten Sprenglöcher und leuchtete auf die Ladungen, während sich

Barski von dem festen Sitz der Zündkabel überzeugte. Er notierte die Ergebnisse in der Zeichnung.

Barskis Befehl, sich zum nächsten Stollen zu begeben, ging in dieser Sekunde in einem ohrenbetäubenden Explosionsgeräusch unter. Die Druckwelle presste ihnen die Luft aus den Lungen und die schwache Tunnelbeleuchtung flackerte. Den schmächtigen Ullmann hatte der Schock zu Boden sinken lassen. Er hockte mit dem Rücken an die Felswand gelehnt und hielt sich die Ohren zu und die blauen Augen standen vor Schreck weit auf. Sein rechtes Augenlid zuckte nervös, als ob er jemand zublinzelte, wie auch sonst, wenn er aufgeregt war.

In den Gesichtern spiegelte sich ungläubiges Erschrecken wider. Ehe sie in der Lage waren, etwas zu sagen, dröhnten weitere Explosionen durch die Gänge und aus den Belüftungsschächten quoll Steinstaub, der ihnen das Atmen erschwerte.

Sturmbannführer Fritz Barski mit nicht mehr so markiger Stimme: »Hoffentlich sprengen sie nicht auch hier«.

»Leuchten Sie hierher«, forderte der Vorgesetzte. Sie leuchteten mit den Taschenlampen auf die Aktentasche und Barski kramte eine

Lampe für sich heraus. Er zögerte kurz und befahl laut und hörbar nervös: »Sofort die Zündkabel unterbrechen. Womöglich sprengen sie auch diesen Stollen«.

Sogleich folgten sie den Zündkabeln und rissen sie hastig aus den Sprengladungen. Um die weiter oben angebrachten Ladungen zu entschärfen, stieg Ullmann auf die Schultern des stämmigen Bayern Aumüller.

»Beeilen Sie sich! «, befahl Barski unnötigerweise.

Es gelang. Die Ladungen waren in ihrem Bereich entschärft. Keuchend und durch den Staub sich räuspernd, standen sie beieinander. Entfernt hörten sie dumpf zwei Detonationen. Jakob Aumüller fluchte: »Sind die denn verrückt geworden? Sie wissen doch, dass wir hier die Sprengvorbereitungen kontrollieren. Die können doch nicht ...«

Eine weitere Explosion übertönte seine letzten Worte. Der trockene Staub drang erneut in Mund und Lunge. Das Sprechen und Atmen fiel ihnen noch schwerer. Die Verzweiflung wuchs.

Die Tunnelbeleuchtung verlosch.

Lamot nahm Haltung an, obgleich es in der Dunkelheit keiner sah, und schlug vor:

»Gestatten Obersturmbannführer, dass wir uns lieber in den Raum hinter der Blechtür am Ende Ganges begeben sollten.«

Sie standen vor der Tür und sahen im Schein der Taschenlampe die Aufschrift Depot siebzehn.

Barskis befahl heftig hustend und nach Atem ringend: »Sofort alle Mann rein ins Depot. Dort sind wir sicherer als hier draußen in den Stollengängen«. Die Tür war zu ihrer Überraschung nicht abgeschlossen.

Eilig zogen sie die Tür auf und standen in einem riesigen Warenlager. Selbst der Strahl der Taschenlampe reichte nicht bis ans Ende des Depots. Jetzt war keine Zeit, sich mit der Entdeckung zu beschäftigen.

2

Barskis Befehl riss sie aus ihrer Verwunderung: »Krawuttke geben Sie mal die Zeichnungen her«.

Der nahm Haltung an und antwortete: »Zu Befehl Sturmbannführer«. Er breitete die Pläne auf einer Kiste aus. Sie leuchteten mit den Lampen auf die Unterlagen.

Noch hatten sie keinen Überblick, welche Ausgänge von den Stollen und Querstollen gesprengt wurden. Anhand der ihnen mitgegebenen Zeichnungen versuchten sie, eine Stelle zu finden, wo sie nach draußen gelangen könnten.

Sie zuckten zusammen, als zwei weitere Sprengungen die Gespräche unterbrachen.

Danach trat Stille ein. Sie warteten eine Weile, dann gab Barski den Befehl, das Depot zu verlassen und nachzusehen, ob sie einen Weg ins Freie fänden.

Um sich in den unbeleuchteten Stollen nicht zu verlieren, suchten sie gemeinsam die nächsten Gänge und Hallen ab. Die Nachforschung war erfolglos, weil die Zugänge durch Sprengungen bis tief in das Berginnere verschüttet waren. Die Querstollen waren ebenfalls zu.

Sie riefen, sie schrien. Sie hofften, dass sie durch die Lüftungsschächte gehört werden.

Sie lauschten.

Keine Antwort.

»Wir werden in der Zwischenzeit in das Depot zurückkehren und dort warten«, ordnete Barski an.

Sie trösteten sich damit, dass ihr Verschwinden bald bemerkt und ein Suchtrupp losgeschickt würde.

Sturmmann Paul Lamot wandte sich an den neben ihm stehenden, gleichrangigen Werner Ullmann: »Kannst du dir vorstellen, was da draußen inzwischen passiert sein kann? Vielleicht haben die vergessen, dass wir hier die Kontrolle vornehmen«.

Barski hörte das und fuhr dazwischen: »Reden Sie nicht so einen Unsinn Lamot. Bei unserer Führung gibt es kein ‚vielleicht‘. Sie mit Ihrem französischen Namen sollten vorsichtiger sein mit solchen Vermutungen«.

Lamot daraufhin provozierend: »Immer noch besser, als fast in Polen geboren zu sein, Sturmbannführer«! Wobei er die ostpreußische Herkunft Barskis meinte.

Der brauste auf und drohte: »Wegen dieser Bemerkung werden wir uns noch sprechen, wenn wir hier raus sind«. Die schon längere Zeit schwelende gegenseitige Abneigung, trat deutlich zu Tage.

Aufgrund der letzten Meldungen hatte die deutsche Heeresführung die Gewissheit, dass die Amerikaner in den nächsten zwei oder drei Tagen hier einmarschieren.

Deshalb wurde die sofortige Sprengung der Zugänge, ohne Vorwarnung, von höchster Stelle angeordnet. Dem Feind durften keine Geheimnisse in die Hände fallen.

»Und ich hab's nicht weit bis nach Hause«, beklagte sich der Thüringer Werner Ullmann »und weiß nicht, ob ich die Familie jemals wiedersehen sehen werde«.

Darauf tröstete ihn die rheinische Frohnatur Lamot: »Nun mal nicht den Teufel an die Wand. Wir sitzen gerademal ein paar Minuten im Dunkeln und du jammerst schon«.

Aus dem Dunkel war erneut die leise Stimme Ullmanns zu vernehmen: »Ich meinte ja nur.

Wenn sie aber nicht kommen? Vielleicht müssen wir hier länger ausharren?«

Totenstille umgab sie. Kein Laut war durch die Lüftungsschächte zu hören.

Der pragmatisch veranlagte Bayer Jakob Aumüller: »Erst mal schauen, was im Depot ist. Wir brauchen andere Lampen, denn die Taschenlampen sind bald aus«.

Sie durchsuchten das riesige Lager.

Mit großen Augen schaute Krawuttke auf die eingelagerten Warenberge.

»Und uns haben sie seit Monaten erzählt es gäbe das alles, was hier in Mengen liegt, nicht mehr«, wundert er sich.

Sie fanden Lebensmittel, Hindenburglichter und Petroleumlampen. Mehr war im Licht der Taschenlampen, im Moment nicht festzustellen.

Aumann: »Verpflegung ist ausreichend da, wie ich gesehen habe. Damit halten wir garantiert solange durch, bis sie uns gefunden haben.«

Ullmann: »Ohne Wasser nützt uns das wenig. Wo kriegen wir Wasser her?«

Aumüller: »Verdammt, daran habe ich nicht gedacht.«

Ullmann sprach sich selber Mut zu mit den Worten: »Verschüttet zu sein ist schlimm genug, aber wenn es nur ein paar Kilometer bis nach Hause sind, besonders ungerecht. Sollten sie feststellen, dass wir nicht zurück sind, werden sie sicher umgehend einen Suchtrupp zusammenstellen. Mit etwas Glück, sind wie morgen längst wieder draußen «.

Barski mit scharfer Stimme: »Darauf können wir uns nicht verlassen. Lamot und Ullmann, Sie gehen gemeinsam los und erkunden die nähere Umgebung, ob noch irgendwo eine Chance besteht hier rauszukommen. Befüllen sie eine Lampe mit Petroleum und merken Sie sich den Rückweg. Nehmen Sie die Zeichnungen mit.«

Die Angesprochenen, die Hacken zusammenschlagend: »Jawoll, Sturmbannführer.«

Barski sich an Aumüller wendend: »Aumüller, Sie traben los und suchen Wasser. `Ne kleine Quelle, oder wenigstens ein Rinnsal Wasser aus dem Fels.«

»Zu Befehl, Sturmbannführer.«

Kaum waren die Männer verschwunden, als erneute Sprengungen sie zusammenzucken ließen. Sie klangen aber entfernter.

»Hoffentlich erwischt es nicht unsere Kameraden«, murmelte Krawuttke.

»Unterlassen Sie gefälligst diese wenig hilfreichen Äußerungen Oberscharführer«, knurrte Barski ungehalten.

Stunden später erschien, vom trüben Schein der Petroleumlampe beleuchtet, als erster Aumüller.

»Was gefunden Aumüller?«, bellte Barski mit bewusst forscher Stimme. »Jawoll, Sturmbannführer. In einem Verbindungsstollen, nicht weit von hier, ist eine Grube, die mit Wasser gefüllt ist. Aus dem Fels läuft Wasser nach.«

»Gut. Das wäre geklärt. Haben Sie von draußen Geräusche gehört? «, erkundigte er sich.

»Nein.«

Barski sah, mit seinen einen Meter neunzig, auf den ein gutes Stück kleineren Kameraden hinunter, verschränkte die Arme hinter dem Rücken und auf den Zehen vor- und zurückwippend knurrte er unwillig: »Das heißt nein, Sturmbannführer«.

Aumüller, völlig fertig von der stundenlangen Sucherei, daraufhin mit einem müden Lächeln:

»Wenn Sie darauf bestehen. Nein, Sturmbannführer«. Setzte sich erschöpft auf eine Kiste
und sah zu Boden. Barski verzog missbilligend
das Gesicht. Sagte aber nichts.

Es war still. Keine Detonationen. Die Lautlo-
sigkeit drückte auf die Ohren. Barski nahm die
Mütze ab und wischte sich den Staub von der
Stirn und den Augen. Die kurzen, fahlgelben
Haare standen widerborstig nach allen Seiten.
Krawuttke fand, dass sie genau wie Stroh aus-
sahen. Grinste über seinen Vergleich. Jedoch
nur innerlich.

Krawuttke nahm Haltung an und fragte: »Gestatten Sturmbannführer eine Frage?«

Barski setzte erst die Mütze wieder auf und forderte ihn dann mit den Worten auf:

»Schießen Sie los. Wo drückt der Schuh? «

»Ich habe mir Gedanken gemacht. Wenn die
Amerikaner, die waren ja nicht mehr so weit
weg, doch schneller gekommen sind, dann sind
unsere bestimmt nicht mehr da. Das könnte
der Grund sein, warum die es so eilig mit den
Sprengungen hatten.«

Barski schwieg, starrte seinen Oberscharführer
finster an und gab nach einigen Minuten zu:

»Dann sitzen wir hier in der Falle. Dann gäbe es niemanden, der uns suchte. Auf Deutsch gesagt, wir wären lebendig begraben«.

Krawuttke, ohne Haltung anzunehmen, nach einer Weile: »Sturmbannführer, was schlagen Sie vor? Wir müssen einen Plan machen, um aus der Situation das Beste zu machen.«

Der Angesprochene überlegte eine Zeitlang: »Warten wir ab, was die Kameraden für Neuigkeiten bringen«.

Sie saßen im Kreis auf Kisten mit dem Inhalt ‚Eiserne Portionen‘.

Die Stunden tröpfelten zäh dahin. Es kam kein Gespräch auf. Alle hingen ihren Gedanken nach. Aumüller kramte in der Uniform und holte eine Zigarettenpackung hervor. Er bot sie den Kameraden an. Krawuttke bedankte sich und nahm eine Zigarette. Barski schüttelte den Kopf. Der Rauch stand fast an einer Stelle, weil kein Luftzug ihn verwehte.

Langsam breitete sich Unruhe aus.

»Die sind vielleicht schon draußen in der Sonne«, witzelte Aumüller, legte die Mütze ab und strich mit den Fingern durch sein schwarzes, leicht gelocktes Haar.

»Reden Sie nicht so einen Unsinn«, fuhr ihm Barski, humorlos, wie er war, über den Mund.

Nach einer weiteren Stunde meinte Krawuttke, ein Geräusch zu hören. Sie lauschten angestrengt. Der Ton wurde lauter und kurz darauf traten, besser taumelten die beiden Kameraden ins Licht der Lampen. Sie fielen, völlig erschöpft und von Kopf bis Fuß verdreckt, auf die nächsten Kisten nieder.

Barski, immer noch seines Ranges bewusst, herrschte sie an: »Nehmen Sie gefälligst Haltung an und machen Meldung! «

Ullmann stand mühsam auf, nahm Haltung an und meldete: »Weder einen Ausgang noch eine Stelle gefunden, wo wir uns freigraben könnten, Sturmbannführer«.

Lamot blieb sitzen.

Barski fühlte sich nicht ganz ernst genommen und wandte sich mit hochgezogenen Brauen an den Sitzenden:

»Stehen Sie gefälligst auf und nehmen Haltung an, wenn ich Sie auffordere, Meldung zu machen«.

Lamot blickte schräg von unten mit seinen fast schwarzen Augen auf den erregten Vorgesetzten und sagte leise, aber für alle hörbar: »Sie können mich am Arsch lecken. Der Feind steht vor der Tür und ihre Zeit ist vorbei«.

Das Schweigen in der Runde wurde durch keinen Laut unterbrochen.

Selbst bei der Gruftbeleuchtung war deutlich zu erkennen, wie sich das Gesicht des Sturmbannführers bedenklich rötete. Erregt schnauzte er: »Gnade Ihnen Gott, wenn wir hier rauskommen, dann bringe ich Sie vor ein Gericht. Sie werden Ihrer gerechten Strafe nicht entgehen«.

Lamot blieb ungerührt sitzen und fuhr fort: »Sturmbannführer, oder soll ich Sie ab heute eher Herr Barski nennen, ich glaube nicht, dass Ihr Wunsch in Erfüllung gehen wird«.

Vor wenigen Tagen hätte niemand gewagt, den Befehl zu verweigern. Eine derartige Befehlsverweigerung zöge augenblicklich eine schwere disziplinarische Bestrafung nach sich. Ullmann schaute mit gewisser Hochachtung auf Lamot und wusste, er selbst hätte nicht den Mut dazu. Er staunte, wie schnell äußere Umstände die Disziplin zunichtemachten. Erneut breitete sich Schweigen aus.

Lamot sah sich nach der Auseinandersetzung in der Runde um. Nähme die seelische Belastung durch ihre aussichtslose Lage zu, zerfiele die hirarchische Rangordnung zu Staub. Die wahren Wesenszüge der Kameraden kämen zu Tage und das Recht des Stärkeren würde sich durchsetzen. Barski war klug genug, sich im Moment nicht auf eine weitere Diskussion einzulassen. Dazu war die Stimmung zu gereizt.

Um die Situation zu entspannen, nahm Krawuttke das Gespräch mit den Worten auf:

»Jetzt wird es Zeit, zu überlegen, wie es weitergehen soll. Eine Chance besteht darin, dass die Amerikaner bald hier sein werden und wissen wollen, was die Wehrmacht hier im Berg versteckt hat. Unter Umständen graben sie danach und wenn wir Glück haben, graben sie uns damit frei«.

Ullmann hob die Hand, um die Aufmerksamkeit der Kameraden zu wecken, und mit einem angedeuteten Grinsen begannt er: »Vielleicht sollten wir für unseren Aufenthalt im Berg sogar dankbar sein. Angenommen unsere Vermutungen, dass unsere Truppen bereits abgezogen sind, wären ein Irrtum. Dann könnte es sein, dass draußen heftige Kämpfe mit vielen Opfern toben. Dagegen sitzen wir hier warm und sicher. «

Sie sahen ihn erstaunt an und Krawuttke gab zu bedenken: »Da ist was dran, aber wenn sich keiner danach um uns kümmert und wir uns nicht freigraben können, dann werden wir ebenfalls Opfer, nur etwas später. «

Sturmbannführer Barski nickte und gab zu, er wäre trotz der Gefahr lieber in der Freiheit.

Wie aus heiterem Himmel ließ sich Krawuttke erneut vernehmen: »Ich mach mir gerade Sorgen, wo ich heute Nacht mein müdes Haupt hinlegen kann«.

Sie nahmen die Lampen und begaben sich zusammen in das Depot.

~ 3 ~

Die Dunkelheit im Vorratslager wurde durch Petroleumlampen spärlich erhellt.

Aumüller und Lamot durchstöberten die Vorräte, um sich einen Überblick zu verschaffen.

Barski, er hatte sich inzwischen wieder gefangen: »Aumüller und Lamot, was haben Sie bisher gefunden? Machen Sie Meldung«.

Aus der Tiefe des Stollens hörte er Lamots Stimme laut und deutlich: »Das mit Meldung machen, das sollten Sie sich schleunigst abgewöhnen Herr Barski. Wenn wir fertig sind, werden wir gerne berichten, was wir gefunden haben, oder Sie kommen her und fassen mit an«.

Barski verzog sein Gesicht, holte tief Luft, aber unterließ es, zu antworten.

Nach einer ausgedehnten Suche stießen die beiden wieder zu den Kameraden und beschrieben, dass die Vorräte so gewaltig waren, dass für ihre Versorgung keine Gefahr bestünde. Sie hatten sogar Kisten mit Esbit-Kochern einschließlich des Brennstoffes gefunden. An warmen Mahlzeiten sollte es nicht mangeln. Vorausgesetzt, dass es weiterhin genügend Wasser gäbe. Lamot hatte in einer Kiste etwas entdeckt, das später einen beträchtlichen Einfluss auf ihr Durchhaltevermögen ausüben sollte – Pervitin.

Das Pervitin trieb seit langem die Soldaten zu höchsten Leistungen an. Die Gefahr lag in der längeren Anwendung. Die Nebenwirkungen stellten eine ernste Gefährdung dar. Er zögerte einen Moment, entschloss sich aber, den Fund bekanntzugeben.

Barski forderte ihn auf, ihm das Pervitin umgehend zu übergeben. Er war der Meinung, die Verteilung obliege nur ihm als Ranghöchsten.

Lamot lehnte das entschieden ab und verpflichtete sich, es nur nach Bedarf zu verteilen.

Die Kameraden waren damit einverstanden. Als Barski lautstark den Vorgesetzten herauskehrte, begann ein allseitiges Murren. In dieser Sekunde erkannte er, dass es besser wäre, nicht auf seinem Befehl zu beharren. Barski und Lamot begegneten sich immer deutlicher mit Abneigung.

Die Kameraden sahen diese Entwicklung und ahnten, irgendwann käme es zur endgültigen Auseinandersetzung.

Krawuttke wandtet sich, mit einem abfälligen Seitenblick auf Barski, an die drei Sturmmänner: »Mit dem Aufputschmittel, wird jeder von uns die Energie für drei haben. Sollte also kein Problem mehr sein, sich nach draußen zu wühlen«.

Sie entdecken sogar das, was sie für die Nacht benötigen. Mit Feldbetten und Decken richteten sie sich in einer Nische des Depots ein Schlaflager ein.

Krawuttke: »Seit die Lampen hier brennen und so viel gequalmt wird, finde ich, dass wir nicht genügend Frischluft erhalten« und ergänzte mit säuerlicher Miene: »Teilen Sie sich die Glimmstängel gut ein, denn im Depot sind keine zu finden«.

Barski: »Oberschar...«, der Rest des Satzes blieb ihm im Hals stecken, als die anderen anfingen zu hüsteln. Er fuhr irritiert fort: »Ich wollte sagen, Herr Krawuttke, das stimmt, wie auch ich festgestellt habe. Es ist also sinnvoller, wenigstens das Rauchen in einen Nebenstollen zu verlegen und das Lampenlicht zu reduzieren. Ist wohl auch besser für die Lebensmittel«.

Erstaunt stellten sie fest, dass er den Dienstrang zum ersten Mal nicht mehr bei der Anrede benutzte.

Ullmann meldete sich und berichtete: »Zwei Stollen weiter ist ein leerer Raum mit glattem Betonboden. Dort habe ich einen stärkeren Luftzug verspürt. Wir sollten es uns lieber dort gemütlich einrichten«.

Barski war immer noch der Ansicht, er hätte das Sagen: »Also Männer auf, auf in unser neues Wohnzimmer. Die Feldbetten und alles was wir dort brauchen können, wird umgelagert«.

Es wurde Abend, ehe sie fertig waren, und Lamot maulte: »Ich bin dafür, dass wir jetzt unsere Küche in Betrieb nehmen «. Zustimmendes Gemurmel.

Es wurde Wasser geholt und bald duftete es nach Erbsensuppe, in die Aumüller zur Geschmacksverbesserung, wie er betonte, Fleischstücken aus einer Konserve hinzufügte.

»Jetzt noch eine Maß Bier und der Krieg ließe sich ertragen«, wünschte sich Aumüller.

»Damit kann ich nicht dienen«, berichtete Lamot, der in diesem Moment aus der Tiefe des Depots zurückgekommen war, »aber eine Kiste mit französischem Rotwein kann ich anbieten« und mit einer Spitze gegen Barski, »oder schmeckt Ihnen der Wein nicht Herr Barski, weil er aus Frankreich ist«?

Der verzichtete auf eine Entgegnung, als er die grienenden Gesichter der anderen bemerkte.

Lamot wandte sich an Aumüller: »Ich kann mir denken, dass dir eine Maß mit bayerischem Bier lieber wäre, aber ich verspreche dir, der Wein wird dir zusagen. Er ist sogar ein ganz ausgezeichneter Tropfen«.

Krawuttke: »Woher wollen Sie wissen, dass es Aumüller schmecken wird? Haben Sie etwa Ahnung von Weinsorten?

»Ich denke schon ein wenig«, gab Lamot zur Antwort, »unsere Familie handelt seit Generationen mit Wein. Weine zu bewerten habe ich von meinem Vater gelernt. Wenn der verdammte Krieg vorbei sein wird, soll ich das Geschäft übernehmen«.

Krawuttke: »Ich lass mich überraschen. Von Hause aus wird bei uns in Berlin mehr Bier als Wein getrunken. Das kenne ich aus Vaters Eckkneipe. Sollten wir hier alle gesund und munter rauskommen, so lade ich Sie schon jetzt ein, das Wiedersehen bei uns zu feiern«.

»Darauf lasst uns anstoßen«, war Aumüller zu hören und erntete allseitiges Kopfnicken.

Lamot verschwand im Depot und kam, fröhlich pfeifend, mit zwei Flaschen zurück.

Er öffnete die erste, schnupperte am Korken, nickte zufrieden und goss ihn, mit bedauernder Miene und der Bemerkung: »Es sträubt sich alles in mir, den vorzüglichen Wein in Blechtassen zu kredenzen«, in die ihm entgegengehaltenen Tassen.

Laute Freudenrufe und dann nur ein einziger Wunsch: Prost mit dem edlen Gesöff!

Es dauerte nicht lange und alle lagen, voll des süßen Weins, schnarchend und schwer atmend auf den Feldbetten.

Militärlastwagen der Amerikaner karrten Landser zum ausgehöhlten Berg. Dolmetscher einer amerikanischen Sondereinheit, die auf das Auffinden von versteckten Nazi-Schätzen und geheimen Waffenlagern spezialisiert waren, trieben die deutschen Soldaten zu den Stollen. Befehle schallten durch den kalten Morgen. Eilfertig und voller Dankbarkeit über ihre Befreiung, zeigten Zwangsarbeiter die Eingänge, die zu ihren unmenschlichen Arbeitsplätzen führten. Wie es aussah, waren alle Eingänge durch die Sprengungen verschüttet. Später fanden sie sogar einen Stolleneingang, der in der Eile nicht gesprengt worden war. Tief im Berginneren stießen die amerikanischen Suchtrupps auf eingelagerte Kunstschätze, Goldbarren und Kisten mit Dokumenten. In großer Hast wurde das Beutegut verladen. In der Nacht verschwand der schwerbewachte Konvoi aus randvoll beladenen Lastwagen in der Dunkelheit.

Die Amerikaner wussten, sie mussten sich beeilen, sie hatten nur wenige Tage Zeit, ehe, vereinbarungsgemäß, die sowjetischen Truppen in Thüringen einmarschierten. Die Suche nach den Produktionsstätten der Geheimwaffen, war durch die Sprengungen erfolglos verlaufen.

Wochen später besetzten die sowjetischen Soldaten das Militärgelände und begannen ebenfalls im Berg nach Verstecken zu suchen.

~ 5 ~

Der zweite Tag brach an.

Lamot öffnete die Augen. Dunkelheit umgab ihn. Es dauert einige Zeit, bis er sich erinnerte, wo er sich befand. Die Kameraden schliefen noch. Schnarchtöne und Traumgemurmel. Mit dem Feuerzeug leuchtete er auf die Armbanduhr. Es war fünf Uhr. Er setzte sich aufrecht und suchte im Schein des Feuerzeugs nach einer Petroleumlampe. Er fand sie auf dem provisorischen Tisch aus Verpflegungskisten. Kaum hatte er sie angezündet, hörte er den langsam wachwerdenden Ullmann flüstern: »Mach lieber wieder aus, ich will mir noch einige Minuten vorstellen, dass wir nicht im Berg gefangen sind«.

Lamot tröstete ihn mit den Worten: »Mach dir nicht so viel Gedanken, wir werden uns schon bald in die Freiheit durchgewühlt haben«.

Mit der Körperpflege am Morgen begannen die ersten Probleme. Das Wasser in der Felswanne reichte gerade für das Essen zu kochen und den Durst.

Barski schickte Ullmann und Aumüller wieder los, um weitere Wasserstellen zu suchen.

Krawuttke: »Mal sehen, wie wir nach 'ner Woche aussehen. Ich stelle fest, wir haben kein Rasierzeug dabei«. Aus dem Hintergrund kam die Frage:

»Hat jemand einen Spiegel mitgebracht?« Allgemeines Gelächter und die Bemerkung Krawuttkes: »Wäre mir neu, dass das zur Kampfausrüstung gehört«.

Lamot: »Wenn unsere Bärte lang genug sein werden, können wir sie ja mit der Schere stutzen. In den Verbandspäckchen sind sicher welche drin«.

Barski: »Hab keine Absicht so lange zu bleiben«.

Stunden später tauchte der Suchtrupp wieder auf und Aumüller berichtete: »Etwa einhundert Meter von hier, haben wir in einem Querstollen eine Art Quelle gefunden. Das Wasser versickert ein Stück weiter in einer Bodenspalte. Wir könnten eine Rinne bauen und Eimer füllen. Die Wassermenge reicht dafür aus«.

Sie suchten sich Material in den nicht verschütteten Gängen und installierten eine mehrere Meter lange Wasserleitung. Das Wasser floss in die Eimer, die in kurzer Zeit vollliefen. Sie nannten diesen Raum ihr Badezimmer.

Der Hinweis Krawuttkes auf eine fehlende Toilette ließ sie die Gänge erneut untersuchen. Sie entdeckten, leider weit entfernt, einen Felsabhang, der sich für die Errichtung einer Sitzgelegenheit eignete. Aus Kistenbrettern und Bohlen erstellten sie eine provisorische Toilettenanlage.

Der weitere Tagesablauf ähnelte dem des vorhergehenden Tages. Es wurde weiterhin nach einer Stelle gesucht, wo die Möglichkeit bestand, sich freizugraben. Sie fanden viele Belüftungsschächte, die sich aber für Grabungen nicht eigneten, da sie nur klein und durch massiven Fels getrieben wurden.

Am Abend saßen sie zusammen und beratschlagten, welche Aussichten ihnen blieben, um wieder ins Freie zu kommen. Sie verglichen die Zeichnungen mit den Gängen und stellten entmutigt fest, dass einige bis tief in das Berginnere verschüttet waren.

»Ohne schweres technisches Gerät haben wir kaum, eher gar keine Chance«, ließ sich Aumüller vernehmen.

Ullmann mit gepresster Stimme: »Sollen wir denn hier drin tatenlos verrecken?«

»Kameraden«, hub Barski an und alle schauten verwundert auf ihn, weil er sie plötzlich mit ‚Kameraden' ansprach. Sonst hatte er sie nur mit Dienstgrad und Namen oder nur mit ‚Männer' angeredet, worauf Krawuttke murmelte: »Ach nee, plötzlich sind wir Kameraden«.

»Kameraden«, begann er erneut, »So wie es aussieht, haben wir alles, was wir für längere, sogar für eine lange Zeit, zum Leben benötigen. Es hilft nichts, wir müssen uns damit abfinden, dass es nur einen erfolgversprechenden Weg gibt, hier herauszukommen, und der heißt graben und nochmals graben. Zunächst müssen wir anhand der Zeichnungen den Gang finden, der am nächsten zur Außenseite des Berges führt und außerdem müsste es der Gang sein, der am wenigsten verschüttet ist. Ab Morgen werden wir alle Tunnel, Gänge und Stollen erneut gründlich untersuchen.«

Beifälliges, erleichtert klingendes Gemurmel folgte seinen Worten.

Lamot, der die Pläne wieder in Barskis Aktentasche verstaut hatte, entdeckte in den Vortaschen einige Notizheftchen. Ihm kam in diesem Moment eine Idee, die er heimlich in die

Tat umsetzte und mauste zuerst ein Heft. Damit es nicht auffiele, woher das Papier stammte, entfernte er den Umschlag. Seine Finger ertasteten mehrere Bleistifte, von denen er sich ebenfalls zwei nahm. Leider fand er keinen Bleistiftanspitzer. Notfalls muss ich zum Anspitzen das Taschenmesser, das mir mein Vater zum zwölften Geburtstag geschenkt hatte, nehmen, überlegte er. Mit der Zeit war das kleine Federmesser so eine Art Talisman für ihn, von dem er sich nie und nimmer trennen würde.

Sie saßen jetzt in einem Kreis zusammen, hatten zwei Kisten als Tisch zwischen sich aufgebaut und beratschlagten lebhaft, wie sie die nächsten Tage hier überleben sollten. Nachdem die Gespräche allmählich versiegten, sah Krawuttke, wie Lamot auf einem kleinen Blatt Papier konzentriert schrieb. »Schreiben Sie schon Ihr Testament?«, witzelte er.

»Nein, Herr Krawuttke, nur ein paar Notizen zu unserer Lage. So eine Art Tagebuch bis wir hier raus sind«.

»Na, dann hoffe ich nur, dass Sie nicht zu viele Seiten beschreiben müssen«, merkte dieser an.

Wie sie sich in ihrer Lage getäuscht hatten, ahnten sie nicht.

Die Untersuchungen, die am nächsten Tag begannen, zogen sich bis in den Abend hin.

Die Ergebnisse waren niederschmetternd.

Für die folgenden Tage standen weitere Erkundungen an.

Sie konzentrierten die Suche auf zwei Gänge, die, soweit man bisher die versperrende Felsmenge abschätzen konnte, für den Plan in Frage kamen. Glücklicherweise fanden sich in den nur teilweise geräumten Werkhallen Schaufeln, Hacken und sogar zwei Schubkarren. Betrachtete man die vorhandenen Gerätschaften und die Felsbrocken, die den Gang blockierten, hätte man mutlos werden können. Doch zu graben, war die einzige Chance, das Tageslicht wiederzusehen.

Mit den Arbeiten wollten sie umgehend beginnen.

Die Uniformen, besonders die Jacken, waren für einen körperlich schweren Arbeitseinsatz, wenig geeignet. Da kam die Nachricht, Krawuttke hätte hinten im Lager, Kisten mit Drillichanzügen und sogar Socken, Unterwäsche, Knobelbechern und Arbeitsschuhen gefunden. Der Fund wurde umgehend in Augenschein genommen. Jeder suchte sich etwas Passendes und bald hatten sich die Uniformträger in eine einheitliche, ranglos gekleidete Arbeitstruppe verwandelt.

Krawuttke erkundigte sich grinsend: »Herr Barski, sollen wir Ihnen Ihre Rangabzeichen wieder auf den Anzug nähen«?

Er entging nur knapp dem nach ihm geworfenen Arbeitsschuh.

Kaum umgezogen, begannen sie, die schier unmöglich erscheinende Aufgabe, die Schuttberge abzutragen. Schubkarre für Schubkarre transportierten sie das Material in weit entfernt liegende Gänge. Kurz vor Feierabend stießen sie auf einen gewaltigen Felsbrocken, der ihnen die Weiterarbeit verwehrte. Ratlosigkeit zeichnete sich auf den Gesichtern ab. Sollten sie hier aufgeben und in dem anderen Stollen, der sich ebenfalls als Fluchtweg anbot, wieder neu anfangen?

»Was würde ich jetzt für ein paar Stangen Dynamit geben«, stöhnte Lamot und wischte sich den Schweiß ab, der ihm, trotz der feuchtkalten Luft im Berg, übers Gesicht lief.

Ullmann, der mit Aumüller jeden Winkel in den Gängen untersucht hatte, machte den

Wunsch zunichte, indem er schwer atmend versicherte: »Paul, ich wäre der Erste, der sich damit die Arbeit erleichtern würde. Wir müssen leider weiter per Hand schuften«.

»Warum nehmen wir nicht die Sprengladungen, die noch in den Sprenglöchern stecken?«, hörten sie Krawuttke fragen.

»Mensch, das ist die beste Idee, die Sie je hatten«, rief Lamot aus.

»Das wird leider nur ein Traum bleiben«, meldete sich Barski schnaufend auf seine Schaufel gestützt. »Die speziellen Ladungen werden mithilfe eines elektrischen Sprengzünders gezündet. Und den haben wir nicht. Um sie per Hand zu zünden, fehlen uns die entsprechenden Zündschnüre. Leider.«

»So schnell zerplatzen Träume«, schimpfte Lamot resigniert und warf die Schaufel wütend auf den Boden.

Sie standen ratlos um den Felsbrocken herum, als Barski unvermutet die Hacke nahm und fluchend auf den Stein einschlug: »Du wirst uns nicht hindern, die Freiheit wiederzusehen«, schrie er und hackte wie irrsinnig wieder und wieder auf ihn ein, dass die scharfkantigen Steinsplitter nur so flogen.

Der Platz um das Felsstück herum war nicht groß genug, dass die anderen weiterarbeiten konnten. So ließen sie ihn sich austoben und als er ermüdet die Hacke fallen ließ, transportierten sie den Schutt ab und der Nächste begann den Fels zu bearbeiten.

Krawuttke schaute auf die Armbanduhr und stellte fest, es war sechs Uhr. Da in der Dunkelheit das Zeitgefühl bald abhandenkam, rief er in den Arbeitslärm: »Wenn ich mich nicht geirrt habe, ist es jetzt sechs Uhr abends. Ich meine, wir sollten Feierabend machen Kameraden«.

Augenblicklich ließen die anderen ihre Arbeitsgeräte fallen und waren froh, für heute nicht mehr schuften zu müssen. Müde, zerschlagen wankten sie in Richtung ihres Badezimmers, um den Schweiß und den Staub loszuwerden. Die herabgelaufenen Schweißtropfen hatten helle Bahnen auf den grauen Gesichtern hinterlassen.

Nach dem Abendessen schlug Lamot vor, eine Art Kalender an die Wand zu heften. Er meinte, da es länger dauern könnte mit ihrer Gefangenschaft, wäre es sinnvoll, die Tage zu notieren. Hier unten in ewiger Dunkelheit verlöre man das Zeitgefühl.

Der Vorschlag ließ Ullmann hochspringen und erregt schreien: »Meinst du etwa wir brauchen für die paar Tage, die wir hier sein werden einen Kalender«? Sein rechtes Auge zwinkerte und zuckte.

Lamot war erschrocken über die Reaktion des Kameraden und versuchte zu beruhigen: »Auch ich glaube fest daran, dass wir hier nicht ewig bleiben, aber schaden kann der Kalender sicher nicht«.

Die Abstimmung ergab eine Mehrheit für die Idee und bald darauf hing ein großes Pappschild an der Wand. Nach kurzer Überprüfung stellten sie ernüchternd fest, dass sie bereits sechs Tage hier ausharrten. Den sechs Strichen sollten viele folgen.

~ 7 ~

Am siebenten Tag kennzeichneten sie den Strich auf der Tafel mit einem Kreis, der Sonntag bedeutete.

Beim Frühstück saßen sie wieder an ihrem provisorischen Tisch zusammen.

Lamot, der inzwischen zum Küchenchef avancierte, beruhigte die Kameraden, auf deren Fragen nach der Menge der Essensvorräte, mit den Worten. Es wäre so viel da, dass man glatt ein paar Monate, sogar Jahre damit auskäme. Die Stelle des Kochs hatte er sich erworben, weil sein Essen besser schmeckte, als wenn es einer der anderen zubereitet hatte. Sein rundlicher Bauchansatz ließ auf einen Genießer schließen, wie Krawuttke spöttisch bemerkte.

»Na schönen Dank auch«, hörte er seinen Nachbarn zur Linken entgegnen. »Solange habe ich nicht vor, hier zu bleiben«.

Die anderen murmelten Zustimmung.

In die Stille hinein hörten sie Krawuttke fragen: »Kennt ihr den? «

Die Köpfe ruckten hoch und Ullmann forderte Krawuttke mit einem Lächeln auf: »Erzähl schon. Alles, was die Stimmung hebt, ist uns willkommen.«

Der Kamerad entpuppte sich als unerschöpfliches Erzähltalent, wenn es sich um Witze drehte. Er berichtete, die meisten hätte er in Vaters Kneipe aufgeschnappt.

Eine Pointe jagte die nächste und Lamot rief vor Lachen japsend: »Mann, mach mal `ne Pause, mir tut schon das Zwerchfell weh«.

In der längeren Erholungspause, in der ab und zu noch ein leises Kichern zu vernehmen war, wandte sich Lamot an den neben ihm sitzenden Krawuttke.

»Warum sind Sie zur Waffen-SS gegangen?« Der war über die plötzliche Frage irritiert, stellte die Blechtasse mit dem Rest Kaffee ab und schaute ihn überrascht an.

»Natürlich aus voller Überzeugung für Volk und Vaterland«, antwortete er mit einem vielsagenden Grinsen und ergänzte: »Das hätte ich noch vor ein paar Tagen geantwortet. Heute jedoch, gebe ich zu, dass ich mich für diesen Verein entschieden habe, weil mich die Chancen für ein Weiterkommen und mehr Macht als in der regulären Truppe gereizt haben. Den Ausschlag für meine Entscheidung gab mein Onkel, der bereits seit Gründung der SS dabei war und von den Sonderrechten schwärmte. In der heutigen Zeit muss man sehen wo man bleibt. «

Lamot nickte anerkennend und meinte: »Danke für die ehrliche Antwort. Meine Gründe waren ähnlicher Art«.

Barski hatte die Argumente für die Wahl, sich für die Waffen-SS zu entscheiden, mit gerunzelter Stirn und leichtem Kopfschütteln verfolgt. Er selber war ein glühender Anhänger der neuen Ordnung und hatte sich als einer der

Ersten aus Überzeugung für diese Laufbahn beworben.

Nachdem sie ihre Gründe für die Wahl zur SS zu gehen, ausgetauscht hatten, drängte sich bei einigen die Frage auf, wohin sie der politische Wille der nationalsozialistischen Partei bisher gebracht hatte. Der prophezeite Endsieg entpuppte sich als Irrtum und sie hockten hier, und wussten nicht, ob sie der Berg je wieder entlassen würde.

Den Tag nutzten sie, um die müden Knochen auszuruhen, sich über zu Hause zu unterhalten und die Arbeitskleidung zu reinigen, aber nicht zu waschen, weil sie hier in der feuchten, kühlen Luft nicht trocknete.

Aumüller saß da, mit dem Kopf auf die Hände gestützt, tief in Gedanken versunken. Ullmann stupste ihn an und erkundigte sich, warum er so abwesend ausschaute. Aumüller schreckte hoch und antwortete: »Ich hoffe nur, dass ich bis zur Einschulung unserer Tochter in sechs Wochen wieder zurück bin«.

»Du glaubst doch nicht etwa, dass wir so lange hier festsitzen?«

»Nein, nicht wirklich, aber solche Gedanken kommen von ganz alleine. Außerdem mache ich mir Sorgen, wie es mit unseren Kühen weitergeht.«

Ullmann amüsierte sich über den letzten Satz und erkundigt sich: »Du machst dir Sorgen wegen der Kühe?«

»Ich weiß, das hört sich lustig an, aber wir leben von der Milchwirtschaft. Meinen älteren Bruder hatten sie zu Beginn des Russlandfeldzuges eingezogen. Er fiel bei Charkow. Als feststand, dass auch ich eingezogen werde, beschloss die Familie, einen Großteil der Kühe abzuschaffen, weil jetzt nur noch mein ältester Bruder, er soll eines Tages den Hof erben, meine Mutter, ein Fremdarbeiter und mein Vater die Arbeit bewältigen müssen. Im letzten Brief schrieb meine Mutter, dass mein Vater gesundheitlich nicht mehr in der Lage ist, mitzuarbeiten«.

Ullmann nach einer Weile: »Wenn das so ist, dann verstehe ich deine Überlegungen. Bei uns zu Hause dürfte es so weitergehen wie immer. Mein Vater hat eine Schuhmacherwerkstatt. Da mangelt es nie an Arbeit. Seit einiger Zeit hat er sogar Aufträge vom Heeresamt für die Reparatur von Knobelbechern bekommen. Wenn der Krieg, so wie es aussieht, vorbei ist, dann werden diese Aufträge sicher fehlen. Ich habe das Handwerk ebenfalls gelernt und werde später mit im Betrieb arbeiten. Ich mache mir eher Gedanken wie es meiner Frau geht, weil sie nichts mehr von mir hört. Nachdem man uns hier im Berg schlichtweg vergessen hat, bin ich mir sicher, dass unser Verbleib auch nicht an unsere Familien gemeldet wurde.«

Die Umstehenden bestätigten die Worte Ullmanns und berichteten von ähnlichen Überlegungen.

Besonders Lamot wirkte bedrückt, als er erzählte, seine Frau würde in ein paar Tagen ein Kind erwarten. Er machte sich ernsthaft Sorgen, wie sie es verkraftete, wenn von ihm kein Lebenszeichen käme. Die Kameraden trösteten ihn, so gut es ging. Das beruhigte ihn nur ein wenig, äußerte aber, dass er eine große Familie hätte und die Verwandtschaft seiner Frau hilfreich zur Seite stehen wird.

Krawuttke bemerkte grinsend: »Meine Süße hat mir geschworen, sie bliebe mir auf immer und ewig treu. Ich denke, wer die Weiber kennt, der kann sich darauf nicht verlassen«.

»Sie wollen doch nicht behaupten, dass wir besser sind«, entgegnete Ullmann lächelnd.

Barski hielt es nicht auf seiner Kiste, er schnappte sich eine Lampe und auf die Frage, was er vorhätte, antwortete kurz, er würde die Untätigkeit nicht aushalten. Lieber liefe er durch die Gänge in der Hoffnung eine bessere Stelle für den Ausbruch zu finden. Dann verschluckte ihn die Dunkelheit.

Kaum war er aus dem Lichtkreis verschwunden, schlug Ullmann vor, sich beim Vornamen zu nennen. Dienstgrade und Rangabzeichen wären hier unter diesen Umständen sinnlos. Allgemeine Zustimmung. Die drei Sturmmänner duzten sich seit langem. Krawuttke nickte und meinte: »Darauf habe ich schon eine ganze Weile gewartet. Es ist wohl selbstverständlich, dass ich auch nicht mehr mit dem Dienstrang angeredet werde. Ich halte das in unserer Lage nicht mehr für passend. Ich heiße Karl.«

»Wir müssen nur unseren Sturmbannführer davon überzeugen«, warf Aumann ein.

»Wir haben das mehrheitlich beschlossen«, bekräftigte Ullmann »und da muss er sich fügen, ob er will oder nicht«.

»Und wenn er sich weigert«? provozierte Lamot.

»Dann reden wir ihn solange mit seinem Vornamen an, bis er aufgibt«. Zustimmendes Nicken in der Runde.

Barski kam zurück und es war dem Gesicht anzusehen, dass er nichts Neues zu berichten hatte. Er sah erschöpft aus.

Erstaunlicherweise erhob er keinen Widerspruch gegen die Anrede mit dem Vornamen und stellte sich sogar vor: »Ich heiße Fritz«.

Sie nannten gegenseitig ihre Vornamen, obgleich einige sich seit längerer Zeit duzten.

Am nächsten Morgen, die anderen waren zum Badezimmer unterwegs, zog Lamot die Aktentasche unter Barskis Bett hervor und nahm sich ein weiteres kleines Notizheft. Dann deponierte er die Tasche genauso, wie sie vorher gelegen hatte. Er hoffte, dass sich Barski die Anzahl der Heftchen nicht gemerkt hatte.

~ 8 ~

Die nächsten vier Wochen vergingen für die Eingeschlossenen gefühlt wie acht Wochen. Die sie stets umgebende Dunkelheit, die drückende Stille und die sich allmählich immer stärker einstellende Angst, hier nie wieder herauszukommen, zerrten an den Nerven. Längst

waren die mitgebrachten Zigaretten aufgebraucht. Die letzten hatte man gegen Pervitintabletten eingetauscht.

Aus kleinen Missverständnissen entwickelten
sich schnell Streitereien. Hatte sich jemand
nach Meinung eines Kameraden mehr von den
Lebensmitteln genommen, als vorgesehen,
wurde er dessen lautstark beschuldigt. Man
warf sich vor, sich vor der Arbeit zu drücken o-
der sich bewusst zu schonen. Barski war genö-
tigt, immer öfter seine auch jetzt noch vorhan-
dene Autorität dazu zu benutzen, die Ausei-
nandersetzungen zu schlichten.

An einem Dienstag hatten sie die Beseitigung
der Schuttberge aus Erschöpfung gegen Mittag
abgebrochen. Sie warfen sie sich auf die Feldbetten, um die müden Knochen zu entlasten.

Aumüller und Ullmann hielten das tatenlose
Herumliegen nach einer Stunde nicht mehr
aus. Sie entschlossen sich erneut, die unend-
lich erscheinenden Gänge, Hallen und Querstollen auf weitere Fluchtpunkte zu erkunden.

Nach etwa drei Stunden kamen die beiden Kameraden sichtlich erregt angestürmt.

Ullmann rief mit vor Aufregung zitternder
Stimme: »Wir haben einen kleinen Lüftungs-

schacht entdeckt. Den haben wir bisher übersehen, weil es auf der Bergaußenseite still war. Wir haben Wortfetzen in russischer Sprache gehört. Das bedeutet, unsere Kameraden sind schon lange weg und die Amerikaner wohl auch, sonst wären jetzt die Russen nicht da«.

Barski wurde schlagartig bleich. Das war selbst bei dieser Beleuchtung deutlich zu sehen.

»Das, das kann nicht sein, das glaube ich nicht«, stotterte er und schlug die Hände vors Gesicht.

Zwischen den Fingern hindurch erkundigte er sich kläglich: »Und ihr seid euch sicher, dass es Russisch war? «.

»Absolut sicher«, bestätigte Aumüller. Sie sahen, wie sich die Gestalt Barskis straffte und er mit gefasster Stimme sagte: »Mich bekommen sie nicht. Mir ist in diesem Moment vollkommen klar, dass ein Angehöriger der Waffen-SS mit meinem Rang, keine Gnade zu erwarten hat. Eher suche ich den Freitod«.

Aumüller in seiner bedächtigen Art: »Fritz, erstens haben uns die Russen noch nicht gefunden und zweitens haben wir noch die Chance, uns selber freizugraben und heimlich zu verschwinden. Wir dürften nur nicht den Russen in die Hände fallen«.

Krawuttke: »Jakob, glaubst du etwa wir kommen ungeschoren davon? Welchen Rang jemand hat, ist nicht ausschlaggebend, es reicht vollkommen Angehöriger der Waffen-SS zu sein. Ich überlege gerade, was geschähe, wenn sie uns draußen hörten. Entweder sie würden nach uns suchen, oder uns im schlimmsten Fall mit Giftgas durch den Lüftungsschacht erledigen. Ich schlage vor, wenn wir uns in der Nähe des Lüftungsschachtes befinden, nur leise zu sprechen. Erst mal abwarten, wie sich die Sache entwickelt«.

Barski: »Ob die da draußen unsere Geräusche beim Graben hören«?

Ullmann beruhigte ihn: »Das glaube ich kaum, denn der Schacht liegt über einen Kilometer weit weg von unserer Arbeitsstelle«.

Ihre Angst, durch den Lüftungsschacht aufzufliegen, erübrigte sich, weil Tage später die Russen begannen, Zugänge freizusprengen. Dabei verstopfte Geröll den Luftschacht.

Leider verloren sie hierdurch die einzige akustische Verbindung zur Außenwelt.

9

Aus Wochen wurden Monate.

Dunkelheit und die wachsende Angst, für immer hier begraben zu sein, ließen sie dünnhäutiger, nervlich labiler werden. Aus den Augenwinkeln belauerten sie sich. Selbst das kleinste Anzeichen von Schwäche wurde bei dem anderen registriert.

Ihre Gesichter waren blass, Furchen gruben sich um die Mundwinkel, die Gespräche versiegten immer schneller und Krawuttkes Witze hellten nur kurzzeitig, wenn überhaupt, die Stimmung auf. Sie liefen kraftloser und schleppender. Liefen sie durch die Gänge, sprachen sie nur noch leise. Der Widerhall ihrer Stimmen von den Wänden, strapazierte die gereizten Nerven.

Wieder ist ein Tag angebrochen, an dem sie sich gegenseitig Mut machend, aufrafften, um das immer beschwerlicher werdende Graben fortzusetzen.

Plötzlich stellte sich Krawuttke Ullmann in den Weg. Er herrschte ihn laut und wie aus dem Nichts an: »Wenn du mir nicht sofort meine

Armbanduhr wiedergibst, geschieht ein Unglück. Ich habe es schon geahnt, als du dich gestern Abend so verdächtig bei meinen Sachen aufgehalten hast. Jetzt stelle ich fest, meine Uhr ist weg und nur du kannst sie genommen haben«. Bestürzt sahen die anderen die Pistole in seiner Hand. Sein Gesicht verzerrte sich erschreckend. Er trat einen weiteren Schritt auf den Kameraden zu und drückte sie gegen dessen Brust.

Sofort war Barski zur Stelle. Mit einem kräftigen Hieb schlug er dem kleineren Krawuttke die Waffe aus der Hand. Die Pistole rutschte mehrere Meter weit scheppernd über den Felsboden. »Die bekommst du erst zurück, wenn du wieder normal denken kannst«, setzte er grimmig hinzu, bückte sich und steckte sie ein. »Du bist wohl wahnsinnig geworden«, blaffte er ihn weiter an. »Entweder du kannst deine Beschuldigung beweisen, oder du entschuldigst dich sofort bei Werner«.

Er wandte sich an den verwirrt schauenden Ullmann, der nicht wusste, wie ihm geschah und schlug vor: »Hast du etwas dagegen, wenn wir deine Sachen durchsuchen?«

Ullmann schaute immer noch ungläubig auf Krawuttke, als könne er nicht verstehen, warum er ihn beschuldigt und bedroht hatte.

»Ja, ich bin einverstanden. Ihr könnt meine Sachen durchsuchen«, erwiderte Ullmann mit zitternder Stimme«, wobei sein Auge wieder unkontrolliert zwinkerte.

Besonders Krawuttke durchwühlte mehrmals und hektisch Ullmanns Eigentum, um seinen Verdacht zu beweisen. Vergebens. Die Durchsuchung brachte die Uhr nicht zum Vorschein.

Jetzt standen die Kameraden um ihn herum und schauten ihn mit sichtlicher Verachtung an.

»Na, du Kameradenschwein, wie wäre es jetzt mit der fälligen Entschuldigung«, schlug Barski mit drohendem Unterton vor.

Sie sahen deutlich, wie das Gesicht Krawuttkes immer bleicher wurde. Ehe die Umstehenden begriffen, was los war, sackte er plötzlich zusammen.

»Los, anpacken und zum Feldbett bringen«, ordnete Barski an.

Zwei Mann schleppten Krawuttke auf seine Liege und einer flößte ihm Wasser ein. Er verschluckte sich und hustete.

Langsam kehrte die Farbe wieder in sein Gesicht zurück.

Er drehte den Kopf, bis er Ullmann sah und flüsterte: »Entschuldige bitte Werner, ich weiß nicht, was in mich gefahren ist. Es tut mir ehrlich leid. Vielleicht habe ich sie auch selber irgendwo verlegt. Ich glaube, die bedrückende Situation hier und das verdammte Pervitin haben mich durchdrehen lassen«.

Ullmann legte die Hand auf Krawuttkes Arm und meinte versöhnlich: »Alles in Ordnung. Mach dir bitte keine Gedanken, das hätte jeden von uns passieren können. «

Mit den Worten: »Danke, Werner«, war die Angelegenheit ausgestanden. Am nächsten Tag, sie saßen beim Abendessen, hob Krawuttke die Hand und beichtete: »Ich habe sie gefunden. Ich selber habe sie in meine alte Uniformjacke gesteckt, weil ich sie beim Arbeiten nicht beschädigen wollte.«

Zufriedenes Gemurmel von allen Seiten.

Selbst für längere Streitereien reichte die Kraft nicht mehr. Der Fortschritt beim Graben hatte außerdem einen Rückschlag erlitten.

Das Wühlen und Hacken hatte das leise knisternde Geräusch übertönt. Den Warnschrei von Aumüller: »Paul Vorsicht die Decke!«, hatte Lamot durch den Lärm nicht gehört.

Aumüller hatte bemerkt, wie an der Tunneldecke, seitlich von Lamot, Staub und kleine Steinteile herausrieselten. Erst als die ersten Gesteinsbrocken sich knirschend von der Schachtdecke lösten, blickte Lamot nach oben. Es war zu spät, um auszuweichen. Ein Teil der Decke brach in den freigelegten Gang und verletzte ihn dabei am Kopf und an der Schulter. Er stürzte zu Boden und blieb regungslos liegen. Sie eilten zu ihm, entfernten den Schutt von seinem Oberkörper und sahen erst jetzt das Blut, das aus den Haaren sickerte. Er hatte das Bewusstsein nicht verloren und versuchte, allein auf die Beine zu kommen. Zu zweit schleppten sie ihn ins Lager und versorgten die Kopfwunde. Für die Prellung der rechten Schulter konnten sie nichts tun. Die Verwundung war nicht lebensbedrohlich, führte aber dazu, dass er zwei Wochen ausfiel. Außerdem war es notwendig, den Gang erneut von den herabgestürzten Geröllmengen zu befreien.

Erschwerend zu ihrer Arbeit kam hinzu, dass ihre Arbeitssachen mit der Zeit vom Schweiß und der feuchten Luft nicht mehr abtrockneten. So grauten sie sich jeden Morgen davor, die kalten und klammen Sachen anzuziehen. Anfangs hatten sie sich gegenseitig Mut gemacht und schon gescherzt, was sie alles unternähmen, wenn sie wieder zu Hause wären.

Diese Gespräche hatten immer mehr nachgelassen, bis sie endgültig einer kraftlosen Resignation wichen.

Entspannung durch ein wenig Wein war ihnen nicht vergönnt.

Längst hatten sie die Weinvorräte, es waren nur wenige Kisten, ausgetrunken.

Lamot erinnerte sich an die zurückliegende Situation, als der Alkohol mit dem Pervitin zusammen die Männer durchdrehen ließen. Zuerst waren alle berauscht und aufgekratzt. Bald darauf kippte die Stimmung und sie wurden aggressiv. Krawuttke und Aumann schlugen sich aus nichtigem Anlass, sodass Barski dank seiner Kraft gezwungen war, die Streithähne zu trennen.

Die Antriebslosigkeit griff immer stärker um sich und bewog sie, diese wieder mit den reichlich vorhandenen Aufputschpillen, dem Pervitin, zu bekämpfen. Sie wussten von den Gefahren, die bei längerem Gebrauch auf sie zukämen. Darüber hatte man in den Kasernen gemunkelt. Die Heeresführung dementierte stets diese Gerüchte.

Nach weiteren Wochen wurden die Nebenwirkungen zuerst beim schmächtigen Ullmann sichtbar. Anfangs bekam er Schwindelanfälle und Schweißausbrüche. Zwei Monaten später zeigten sich Wahnvorstellungen, abgelöst von Depressionen. Mit wachsender Unruhe beobachteten sie, wie Ullmann die Pistole hervorsuchte, das Magazin herausnahm, die Patronen zählte, das Magazin wieder in die Waffe schob und mit einem nicht deutbaren Lächeln zurücklegte. War das ein Alarmzeichen? Stellte die Handlung für sie eine Gefahr dar, oder war es ein Zeichen dafür, dass er sie gegen sich selber richten würde?

Sie waren beunruhigt und beschlossen, auf ihn besonders zu achten.

Sie sahen den gesundheitlichen Verfall des Kameraden mit Sorge, ja mit Entsetzen. Sie versuchte, deshalb möglichst wenig von dem Teufelszeug zu nehmen.

Immer wieder motivierten sie sich gegenseitig, doch die Überzeugungskraft schwand.

Den selbstgeschriebenen Wandkalender hatte Barski nach einem Wutanfall heruntergerissen, als er sah, dass sie bereits sieben Monate Gefangene des Berges waren.

Lamot, dessen Idee der Kalender war, hing ihn schweigend wieder auf.

Eines nachts schreckten sie durch einen Knall aus dem Schlaf hoch. Barski entzündete eine Petroleumlampe. Sie schauten sich um und stellten fest, Ullmann lag nicht mehr auf seiner Schlafstatt. Sie sahen sich wortlos an und ahnten, was geschehen war.

Nach einer halben Stunde fanden sie ihren Kameraden. Er hatte sich in ihrem Badezimmer eine Kugel in den Kopf geschossen. Zwei Hindenburglichter standen auf einem Felsvorsprung und verbreiteten ein flackerndes Licht. Kurz darauf verlosch das erste. Krawuttke beugte sich zu ihm hinunter und entdeckte, dass sich die linke Hand zusammengekrampft hatte. Ein Stückchen Papier ragte aus der geschlossenen Faust. Behutsam öffnete er einen Finger nach dem anderen und entnahm den Inhalt. Stumm reichte er ihn weiter an die Umstehenden. Das Foto zeigte eine Frau, einen Mann und zwei Kinder.

Aumüller schaute eine Weile auf das Bild und vermutete: »Das sind sicher seine Eltern, wenn ich das Alter richtig einschätze, und der Junge könnte Werner sein. Das Mädchen ist dann seine Schwester, denke ich.« Erneut schwiegen die Kameraden, ehe eine Stimme die Starre beendete.

»Wo sollen wir ihn begraben?«, hörten sie Aumüller leise fragen.

»Auf der Zeichnung liegt ein Querschlag sehr weit entfernt. Er ist nur knapp zwei Meter hoch, dafür aber etwa zweihundert Meter lang und endet danach. Ich schlage diesen Stollen als Beerdigungsstelle vor«, meinte Lamot, der sich in dem Tunnelsystem bestens auskannte. Damit waren sie einverstanden. Das zweite Hindenburglicht verlosch blakend.

Bevor sie ihren toten Kameraden in mehrere Lagen Zeltleinwand einwickelten und sorgfältig verschnürten, legten sie ihm das Foto wieder in die Hand. Krawuttke holte eine Schubkarre. Barski ließ es ich nicht nehmen, die traurige Last selber zu schieben.

Langsam und in Gedanken versunken, tappten sie die Gänge entlang bis sie den Ort, ihren Friedhof, wie ihn Krawuttke auf dem Weg dorthin getauft hatte, erreichten. Der Stollen war schmal und Barski hatte Mühe die Schubkarre ohne umzukippen, bis zum Stollenende zu bewegen. Sie legten das Bündel Mensch vorsichtig auf den Boden und einer holte mit dem Transportgerät kleinere Felsstücke, um ihn zu bedecken. Dann blickten sie auf Barski, der als Ranghöchster die Aufgabe haben sollte, ein paar Abschiedsworte zu sprechen. Er fühlte die auffordernden Blicke und wehrte sich, sichtlich verlegen: » Es tut mir leid, aber ich fühle mich außer Stande die richtigen Worte zu finden.« Sie sahen sich gegenseitig an, bis der katholische Lamot die Hand hob und einige ergreifende letzte Sätze sprach. Schweigend verließen sie den Ort.

Manchem war auf dem Rückweg die Ahnung gekommen, ebenfalls eines Tages hier zu liegen. Barski schlug vor, die Pistolen einzusammeln und sicher zu verwahren. Sofort erhob sich lautstarker Protest. Krawuttke sprach aus, was die anderen dachten: »Kommt nicht in Frage. Ich werde sie dir nicht aushändigen. Ich möchte selber bestimmen, wann ich die Schnauze voll habe und entscheide, die Welt zu verlassen.« Die Umstehenden nickten. Danach saßen sie bedrückt beim Abendessen zusammen. Es wollte kein Gespräch aufkommen. Nur als Lamot sagte: »Jetzt würde ich alles für eine Flasche Rotwein geben«, murmeln die Kameraden zustimmend.

10

»Ullmann hat's gut«, redete Krawuttke leise vor sich hin.

»Kannst du auch haben, Karl. Musst dir nur 'ne Kugel in den Kopf schießen«, schlug Aumüller dem Kameraden sarkastisch vor.

Der schreckte aus dem Dösen auf und entgegnete verunsichert: »Nee, das war nicht ernst gemeint. War nur so ein Gedanke. Der kann einem schon mal kommen, oder nicht? «

Aumüller nickte und stellte entmutig fest: »Ich habe gestern unsere Grabungsfortschritte mit der Zeichnung verglichen. Du hast nicht ganz Unrecht. Die Entfernung bis zur Bergaußenseite ist noch so weit entfernt, dass man aufgeben möchte«.

»Wie lange schätzt du, müssen wir wühlen, ehe wir die Sonne sehen? «, erkundigte sich Krawuttke.

Aumüller daraufhin mit einem schiefen Lächeln: »Wenn ich sehe, wie wir immer langsamer und kraftloser werden und das mit der noch freizulegenden Stollenlänge vergleiche, so rechne ich nicht mehr mit Monaten, sondern mit Jahren. «

In die sich ausbreitende Stille hörten sie Barskis spöttische Bemerkung:

»Jakob, wenn wir noch im Dienst wären, stellten deine Äußerungen den Tatbestand der Wehrkraftzersetzung dar und du kämest sofort vor ein Schnellgericht«.

»Danke für den Hinweis, Fritz. Da ist es ja direkt ein Vorteil, dass wir hier unten sind«, spottete der zurück.

Ein dumpfer Knall ließ sie zusammenfahren.

»Der Iwan gibt nicht auf. Er sind immer noch damit beschäftigt im Berg nach Beute zu suchen«, stellte Lamot fest.

»Wir sollten ihnen den Hinweis geben, dass sich hier ein umfangreiches Depot mit den schönsten Sachen befindet. Dann könnten wir entspannt abwarten, bis die russischen Kameraden unseren Stollen freigeräumt haben«.

»Ha, ha, dann sähen wir wahrscheinlich kurz die Sonne und danach in den Lauf einer Maschinenpistole. Könnte natürlich auch passieren, dass sie schreiend davonliefen und uns für Berggeister hielten, so wie wir jetzt aussehen«, vermutete Aumüller.

»Auf, auf, Kameraden, jetzt aber an die Schubkarren. Vom Herumsitzen wird das Schutt nicht weniger«, versuchte sie Barski zu motivieren.

Sie erhoben sich mühselig und liefen, nein, sie schlurften zu ihrem Stollen.

Müde und erschöpft kehrten sie, wie an jeden der vielen Tage, nach dem Schuften zum Badezimmer zurück, wuschen sich Gesicht und Hände und setzten sich zum Abendessen an den Kistentisch. Aumüller und Lamot teilten sich die tägliche Zubereitung der Mahlzeiten. Die anfangs geäußerten Scherze wie: »Ober, noch zweimal Nachtisch bitte«, waren ihnen längst vergangen.

Wenn sie jetzt nach dem Abendessen beieinander saßen, wagten sie, über ihre Situation zu sprechen. Sie bemerkten mit Sorge, dass die Menge des täglich abgefahrenen Gerölls immer kleiner wurde.

Allmählich breitete sich bei jedem ein Gefühl der Ohnmacht gegen die schier unendliche Masse des Schuttes aus. Früher gab das keiner laut zu. Saßen sie heute zusammen, wurden die Bedenken, es nicht zu schaffen, häufiger geäußert. Die aufmunternden Worte von Barski und Lamot, zeigen immer weniger Wirkung. Die

Männer verhielten sich schweigsamer und mürrischer.

Nachdem sich alle auf ihre Schlafunterlagen zurückgezogen hatten, fielen sie Minuten später, in einen tiefen Erschöpfungsschlaf. Morgens hatten sie nicht das Gefühl erholt und ausgeschlafen zu sein. Zu schwach waren die Körper, um sich über Nacht zu regenerieren.

Aumüller lag auf dem Feldbett und starrte auf die dunkelgraue, feuchtglänzende Felsdecke, bis die Petroleumlampe erlosch. Sein Inneres wehrte sich gegen den Schlaf. Er wälzte sich unruhig von einer Seite auf die andere. Die Gedanken, die ihm durch den Kopf gingen, bewirkten ein Übriges, um keine Ruhe zu finden. Bevor ihn der Befehl in den Berg abkommandierte, hatte er die Erlaubnis erhalten, an diesem bewussten Tag, für drei Tage in Urlaub zu gehen. Der runde Geburtstag seines Vaters gab den Anlass dafür. Sein direkter Vorgesetzter, ein Niederbayer aus einem benachbarten Dorf, wo Aumüller lebte, hatte das ermöglicht, obgleich über eine allgemeine Urlaubssperre gemunkelt wurde. Er haderte mit sich und seinem selbstverschuldeten Schicksal. Wäre er doch an diesem Tag gleich in der Frühe zum Bahnhof gegangen, hätte ihn der Befehl nicht mehr erreicht. So aber wollte er die Gelegenheit nutzen, um mit einem Lastwagen, der Richtung Süddeutschland fahren sollte, mitgenommen zu werden. Die Abfahrt war mehrmals verschoben worden und erst zum Nachmittag vorgesehen. Sein Pech war, dass Barski vorher den Befehl erhielt, die Leute für den Sonderauftrag auszusuchen. So stand er mit den Kameraden zusammen und wurde von ihm zum Sondereinsatz befohlen.

Mit einer Verwünschung für seine Entscheidung, nicht mit dem Zug gefahren zu sein, dämmerte hinüber in den Schlaf.

Eines Abends überraschte sie Lamot, der sich zum Proviantmeister entwickelt hatte, mit einem großen Teller, der mit dreieckigen, stark koffeinhaltigen Scho-Ka-Kola-Stücken gefüllt war. In der Mitte hatte er eine Kerze gestellt.

Auf die verwunderten Fragen, was das zu bedeuten hätte, lächelte Lamot verschmitzt und berichtete: »Vor längerer Zeit habe ich eine Kiste mit Scho-Ka-Kola- Schachteln entdeckt. Außerdem fand ich einige Kartons mit Kerzen. Die Schokolade habe ich für einen besonderen Anlass vor euch versteckt. Dieser Anlass ist heute«.

Erstaunte Gesichter reihum.

»Wüsste nicht, dass einer heute Geburtstag hat«, wunderte sich Krawuttke.

Lamot zeigte auf den Kalender.

»Da hast du Recht, aber wenn du auf den Kalender schaust, dann wirst du feststellen, dass heute der vierundzwanzigste Dezember ist, wenn ich alle Tage richtig eingetragen habe. Heute feiern wir unser erstes Weihnachten in der Dunkelheit des Berges«.

Einige Minuten herrschte Ruhe.

Das Schluchzten von Aumüller unterbracht sie.

»Wenn das noch Werner miterlebt hätte«, sinniert Krawuttke.

Keiner sagte etwas. Die Antwort war ein allseitiges Kopfnicken.

Leises Schniefen war zu hören und Aumüller fuhr sich mit einem schmutzig weißen Taschentuch über die Augen.

Krawuttke unterbrach erneut die drückende Stille mit bewusst forscher Stimme:

»Mensch Jakob, lass den Kopf nicht hängen. Stell dir doch einmal vor, welch phantastische

Karriere vor dir liegt, wenn wir wieder zu Hause sind«.

Aumüller ließ die Hand mit dem Tuch sinken, blickte ihn verwirrt an und fragte: »Was meinst du damit? «

»Na, mit deinem prächtigen Vollbart hast du die Rolle des Petrus bei den Oberammergauer Passionsspielen so gut wie in der Tasche«.

Aumüller steckte das Taschentuch ein, lächelte ein wenig und gab zurück: »Dann kannst du heute mit deiner angegrauten Matratze den Weihnachtsmann spielen«.

Die trübe Stimmung war wie weggeblasen und bald darauf unterhielten sie sich gedämpft. Sie lutschten genüsslich die unerwartete Süßigkeit und bedrängten Lamot solange, bis er sich erweichen ließ und noch eine Runde der Köstlichkeit aus dem heimlichen Vorrat holte.

Sie nahmen diese kleine Abwechslung dankbar entgegen. Auf dem Esbit – Kocher war das Wasser heiß und Lamot goss es in eine Blechkanne, in die er vorher mehrere Päckchen Kaffee aus den eisernen Rationen gegeben hatte. Er wartete, bis der Kaffee durchgezogen war und schenkte jedem eine Tasse ein.

»Trinkt bitte vorsichtig, leider hat man vergessen, Kaffeefilter zu deponieren«, warnte er lächelnd.

Etwas Gemütlichkeit breitete sich aus. Für eine kurze Weile hatten sie ihre verzweifelte Lage ausgeblendet. Aumüller begann kaum vernehmbar und unsicher „Stille Nacht, heilige Nacht" zu singen, mehr zu brummen. Die anderen summten mit und ermutigten ihn, den Text lauter anzustimmen.

Zwischendurch hörte man leises Schniefen und verlegenes Hüsteln. Dann saßen sie lange und schweigsam zusammen.

Lamot ahnte, wenn sie sich heute zum Schlafen hinlegten, schweiften bei allen die Gedanken nach Hause zu ihren Lieben. Sie wünschten sich, jetzt bei ihnen zu sein. Vielleicht rollte manche unmännliche Träne in den Vollbart.

~ 11~

Tage später bemerkten sie beim Frühstück, wie bei Lamot die Hände anfingen, so stark zu zittern, dass er den Kaffee verschüttete.

»Ich kann nicht mehr«, brach es aus ihm heraus. »Was hat uns die Wühlerei bisher gebracht? Die paar Meter, die wir uns in Richtung

Freiheit gekämpft haben, sind erbärmlich. Es geht nicht mehr. Ich bleibe hier sitzen, bis ich das Zeitliche segne. Tut mir leid, aber auf mich müsst ihr in Zukunft bei der Arbeit verzichten.«

Entsetztes Schweigen.

Barski straffte seine hagere Gestalt und versuchte ihn zu beruhigen.

»Paul, wieso gerade du? Bisher hast du uns mit deinem Humor und deinem Organisationstalent Mut gemacht. Du kannst uns nicht im Stich lassen. Erhole dich ein paar Tage und dann sehen wir weiter. Wir arbeiten einfach für dich ein bisschen länger.«

Lamot stützte den Kopf in die Hände und murmelte nach einer Weile zwischen den Fingern hindurch: »Entschuldigung, ich weiß auch nicht, woher diese plötzliche Hoffnungslosigkeit gekommen ist. Alles ist wieder gut und ich komme selbstverständlich mit euch zur Arbeit«.

In einem unbeobachteten Moment, so nahm er an, kramte er in der Jackentasche nach ein paar Pervitintabletten, die er mit Kaffee hinunterspülte.

Die Kameraden taten so, als hätten sie es nicht bemerkt.

Barski und Krawuttke sahen sich an und dachten in diesem Moment dasselbe.

Wir werden auf ihn aufpassen müssen.

Ihre Sorge ließ nach, als sie keine Veränderungen im Wesen von Lamot in den folgenden Tagen feststellten. Er hatte sich über sein seelisches Tief selbst erschrocken. Vielleicht bin ich seit Wochen Vater und sitze hier und jammere. Der Gedanke, er könnte inzwischen einen Sohn haben, der auf ihn wartete, gab ihm schlagartig wieder Auftrieb. Wieso einen Sohn? Eine Tochter, wie sich seine Frau wünschte, brächte genauso viel Freude ins Haus, überlegte er und lächelte bei diesem Gedanken.

Er fand sogar zu seinem alten Humor zurück und betätigt sich wieder mit vollem Einsatz als Küchenchef.

Eines Nachmittags, kurz bevor sie Feierabend machen wollten, rutschte Krawuttke mit der Spitzhacke aus und schlug sich eine tiefe Fleischwunde ins Bein. Fluchend ließ er das Werkzeug fallen, setzte sich auf einen Felsen und krempelte das Hosenbein hoch. Er besah sich den Schaden, stand noch einmal auf und belastete das Bein.

»Nischt gebrochen«, rief er den Kameraden zu, die zu ihm eilten.

»Wirst ein paar Tage nicht arbeiten können«, vermutete Lamot.

»Komm, ich bringe dich zurück und versorge die Wunde«, schlug er vor, die anderen nickten zustimmend und Krawuttke fügte sich. Nachdem die Blessur versorgt war, begann er erst leise zu kichern, um danach in lautes Lachen auszubrechen. Lamot zuckte zusammen. Er fürchtete in diesem Moment, dass sein Kamerad nicht mehr normal war. Der sah sein erschrockenes Gesicht.

»Nee, mach die keine Sorgen Paul«, prustete Krawuttke unter Lachen und zeigte auf das leere Feldbett, das Werner Ullmann gehört hatte und noch unangetastet dastand. Er wies auf das Lager und erklärte dem erstaunten Lamot: »Das Bett ist jetzt frei für unseren großen Führer. Ich habe mir vorgestellt, er wäre jetzt hier. Dann könnten wir uns direkt bei dem Verursacher für unsere beschissene Lage beklagen.«

Während er das sagte, liefen ihm die Lachtränen die Wange herunter und versickerten im Bart.

Lamot schmunzelte ebenfalls über die Idee und war erleichtert, dass Krawuttke doch nicht durchgedreht hatte und meinte: »Die Umgebung sollte ihm nicht so fremd sein, wenn ich an den muffigen Bunker denke, in dem er sich seit einiger Zeit aufhält. Wir könnten ihm sogar Werners Pistole überlassen.«

Sie amüsierten sich beide bei dieser Vorstellung und hörten erst auf zu kichern, um Luft zu schnappen.

Dann, nachdem Paul tief durchgeatmet hatte: »Karl, es ist lange her, dass wir wieder einmal Grund zum Lachen hatten, oder?«

Die Verletzungen nahmen zu. Gequetschte Finger, verstauchte Knöchel und aufgeschlagene Knie waren immer öfter zu beklagen. Schuld daran trugen die körperliche Entkräftung und die zunehmende Unachtsamkeit.

Abends als sie zusammensaßen, fiel Barski auf, wie sehr sie sich verändert hatten.

Die schwere Arbeit hatte sie krumm werden lassen. Die einseitige Ernährung hatte zur Folge, dass einige Probleme mit den Zähnen bekamen. Die ewige Dunkelheit ließ die Gesichter blass aussehen und tiefe Kerben gruben sich ein, soweit sie unter den Vollbärten zu erkennen waren. Sie wirkten um Jahre gealtert. Wie lange werden wir noch durchhalten können, ging es durch seinen Kopf, oder sollte der Berg unser Grab werden?

Er nahm sich vor, dass er, solange er selber die Kraft besaß, seine Führungsrolle zu benutzen, um den Männern immer wieder Hoffnung zu machen.

In diesem Moment ahnte er nicht, was das Schicksal noch mit ihnen vorhatte.

~ 12 ~

Die Monate vergingen mit tödlicher Langsamkeit.

Bei den Männern zeichneten sich erschreckende Veränderungen ab.

Die monatelange nervliche Belastung durch die feuchte, kalte, die ewig dunkle Umgebung, die wachsende Erkenntnis, dass ihre nachlassende Kraft nicht ausreichen könnte, den Rest des Stollens freizugraben und die zerstörerische Eigenschaft des Pervitins, verwirrten in zunehmendem Maße ihre Sinne.

Wutanfälle wegen kleinster Ursachen, gegenseitige Beschuldigungen und sogar Handgreiflichkeiten nahmen zu. Sie begannen sich argwöhnisch zu belauern. Selbst Barski war nicht frei hiervon. Er wurde immer öfter zum Zielobjekt der Anfeindungen. Besonders Krawuttke widersetzte sich seinen Anordnungen. Barski wusste, dass er keine Anzeichen von nachlassender Führungskraft zeigen durfte, sonst erginge es ihm wie dem Leittier eines Wolfsrudels, das sobald es Schwäche zeigt, seine Stellung verliert. Er wurde immer mehr zur gehassten Person. Einerseits kannten sie seine Stärken, Situationen schnell zu analysieren und darauf zu reagieren, andererseits reizte diese Eigenschaft, die kraftlos werdenden Männer, zum Widerspruch.

Mitten in der Nacht wachte Lamot auf. Er hatte das Gefühl, jemand hätte gegen sein Feldbett gestoßen. Er lauschte. Ein Geräusch aus Richtung, wo Barski lag, ließ ihn angestrengt dorthin sehen. Noch war es stockdunkel. Dann flammte ein Streichholz auf und er sah, wie er eine Petroleumlampe entzündete. Unter halb geschlossenen Lidern beobachtete er, was weiter geschah. Ein Blick hinüber zu Krawuttke, dessen Feldbett sich neben dem Barskis befand, zeigte, dass der tief und fest schlief. Barski kniete sich hin und langte unter seine

Schlafstatt, zog die braune Aktentasche hervor, öffnete sie und kramte im Inhalt. Er stand vorsichtig und so leise wie möglich auf, nahm die Tasche in die linke Hand und verschwand mit der Lampe in der Rechten in der Dunkelheit.

Seltsam, überlegte Lamot. Was er vorhatte, konnte er sich nicht denken.

Leise erhob er sich und schaute, ob Barski die Pistole mitgenommen hatte. Nein, hatte er nicht. Also hatte er nicht die Absicht, sich das Leben zu nehmen. Lamot legte sich wieder hin, um weiterzuschlafen. Warum zum Teufel, schlich er mit der Aktentasche des Nachts durch die Gegend? Der Gedanke ließ ihn nicht zur Ruhe kommen. Er drehte sich von einer zur anderen Seite, aber fand keinen Schlaf. Nach einer geraumen Weile meinte er Rauch zu riechen. Er schnupperte und war sich sicher, irgendetwas brennt.

Aumüller schlief schnarchend so tief, dass er ihn lieber nicht weckte.

Das Gesehene beunruhigte ihn so sehr, dass er meinte, Krawuttke informieren zu müssen. Der fuhr aus dem Schlaf hoch, sah Lamot nicht im Dunkeln und fluchte:

»Welcher Idiot hat mich geweckt?«

»Das war ich«, bemerkte Lamot leise. In kurzen Worten schilderte er, was er gesehen hatte.

»Und du meinst, wir sollten hinter ihm herlaufen, um zu sehen was er macht?«, erkundigte sich Krawuttke laut gähnend.

»Das riecht wirklich nach Rauch«, stellte er ebenfalls fest und erhob sich kreuzlahm.

»Also gut, lass uns nachsehen, was der Barski so treibt«.

Sie kannten die Gänge inzwischen so gut, dass sie ohne Licht den Weg fanden.

Sie orientierten sich am immer stärker werdenden Brandgeruch und standen kurz darauf am Eingang zu ihrem Badezimmer.

Barski saß auf einem Felsvorsprung, die Lampe neben sich auf dem Boden und vor ihm loderte zerknülltes Papier. Das flackernde Licht der Flammen ließ sein Gesicht wie die eines bösen Kobolds erscheinen. Dieser Eindruck verstärkte sich, als er es zu einem Lächeln, nein, zu einem Grinsen verzog. Selbst die weißblonden Haare sahen im Widerschein der Glut aus, als ob sie brannten. Langsam verlosch das Feuer und Lamot und Krawuttke zogen es vor, heimlich zu verschwinden. Sie schlichen leise zurück und legten sich hin.

Barski tauchte nach einer geraumen Weile auf und schob die Aktentasche wieder unter das Feldbett. Mit einem Blick überzeugte er sich, dass die Kameraden schliefen.

Dann löschte er die Lampe.

Am nächsten Morgen, sie standen in ihrem Badezimmer, zeigte Krawuttke auf den schwarzen Fleck auf dem Felsboden.

»Sieht aus, ob da jemand etwas verbrannt hat«, fragte er scheinheilig, sich an die Kameraden wendend.

Barski stand da, als ob ihn das nichts anginge.

»Das kannst ja nur du gewesen sein«, fuhr Krawuttke ungerührt fort.

»Wieso soll ich es gewesen sein«, regte sich Barski sofort auf.

»Du hast das Gesicht voller Ruß und das bekommt man sicher nicht vom Schlafen«, legte dieser nach.

Tatsächlich hatte sich Barski nach dem Feuer ins Gesicht gefasst und Rußspuren hinterlassen.

Der Angeschuldigte tat ungläubig, bückte sich zum Wassereimer und selbst bei der schwachen Beleuchtung durch die Petroleumlampe, sah er auf der glatten Oberfläche des Wassers, die schwarzen Flecken auf den Wangen und an der Stirn.

»Und? «, fragte Krawuttke.

Es war Barski sichtlich unangenehm ertappt worden zu sein.

»Ja, ja, ihr habt Recht, ich habe die geheimen Baupläne des Stollensystems verbrannt, damit sie nicht in die Hände des Feindes fallen. Ich habe die Entscheidung getroffen und wollte nicht in Diskussionen mit euch verwickelt werden.«

»Das ist wieder typisch für unseren Herrn Barski«, lästerte Krawuttke und ergänzte:

»Wir hätte dir das sogar ausgeredet, weil man die Pläne, sollten wir eines Tages wieder hier rauskommen, sicher an die Siegermächte hätte verkaufen können.«

»Das glaubst nur du«, warf Lamot ernüchternd ein, »da wir den Krieg verloren haben, wie es aussieht, gehören die Pläne automatisch den Siegern. Einen Verkauf kannst du vergessen«.

Barski hielt das Thema für erledigt und wusch unverzüglich, den Ruß vom Gesicht ab.

Aumüller kam etwas später ins Badezimmer, hatte den Gesprächen mit Verwunderung gelauscht und sich in die eintretende Stille hinein erkundigt:

»Kann mir jemand mal sagen, worum es hier geht?«,

»Warte noch ein bisschen. Die Geschichte ist zu lang, um sie noch vor dem Frühstück ausführlich zu erzählen«, vertrösteten sie den Kameraden.

Aumüller wollte etwas erwidern, unterließ es und begann mit der morgendlichen Reinigung.

Lamot besaß noch einen Funken von Pflichtgefühl und versuchte, einen geregelten Tagesablauf mit der entsprechenden Verpflegung zu organisieren. Ungerechterweise wurde ihm vorgeworfen, dass er wie eine Made im Speck im Lebensmitteldepot saß und sich ungehindert bediente. Das traf ihn besonders hart, bei der Mühe, die er sich für seine Kameraden gab.

Am Ende eines der Arbeitstage geschah etwas, was Barski vorausgeahnt hatte. Aumüller ging mit tierischem Gebrüll und erhobener Spitzhacke, ohne jeden sichtbaren Grund, auf Lamot los. Krawuttke war geistesgegenwärtig und schlug Aumüller mit der Schaufel auf den Arm, so dass dieser fluchend die Hacke fallen ließ und sich auf Krawuttke stürzte.

Nur mühsam gelang es den Männern, ihn festzuhalten. Erschrocken sahen sie wie Aumüller die Augen verdrehte und Schaum aus seinen Mund trat. Sie rangen ihn zu Boden und hielten ihn fest.

Nach etwa zehn Minuten beruhigte er sich und atmete wieder gleichmäßig.

Sie ließen ihn los und standen mühsam auf. Aumüller blieb regungslos, mit geschlossenen Augen liegen.

Barski nach einem Moment des Verschnaufens: »Ich habe das bereits kommen sehen. Das was mit Jakob passiert ist, kann jeden von uns treffe. Früher oder später werden uns die äußeren Umstände und das Pervitin den Verstand verlieren lassen. Selbst ich habe des Nachts Albträume und kann beim Aufwachen manches Mal nicht mehr zwischen Traum und Wirklichkeit unterscheiden«.

Vom Stollenboden hörten sie eine matte Stimme: »Was ist mit mir passiert? Was war los? Habe ich jemanden verletzt? «

»Nein, kannst beruhigt sein, wir haben das rechtzeitig verhindert«, tröstete ihn Krawuttke.

Sie halfen ihm auf die Beine. Die knickten sofort wieder weg und er ließ sich auf einen Felsbrocken nieder.

Krawuttke und Barski nahmen ihn zwischen sich und geleiteten ihn zurück zum Lager.

»Ich will mich nur etwas ausruhen. Morgen komme ich wieder mit zur Arbeit«, versprach Aumüller.

Lamot widersprach umgehend: »Kommt nicht in Frage Jakob. Für die schwere Arbeit im Stollen bist du viel zu angeschlagen. Wenn du etwas helfen willst, dann komm morgen mit ins Depot. Ich muss mir wieder einen Überblick verschaffen, wie es um unsere Vorräte steht. «

»Danke, dann kann ich wenigstens etwas bei dir gutmachen«, freute sich Aumüller.

»Also dann bis morgen«, bestätigte Lamot und lief mit Barski zurück, um weiter den Schutt abzutransportieren.

Unterwegs meinte Barski: »Stell dir vor, wenn er in dem Moment, als er auf dich losgegangen ist, seine Pistole dabeigehabt hätte«.

»Daran möchte ich lieber nicht denken«, entgegnete Lamot.

~ 13 ~

Unter Tage hatten sie ihr Zeitgefühl völlig verloren. Ihre innere Uhr zeigte ihnen an, wann sie Hunger hatten und wann sie das Bedürfnis nach Schlaf überkam. Die Armbanduhren konnten zwar eine Zeit angeben, aber ob es draußen Tag oder Nacht war, gaben sie nicht an. Aus diesem Grund hatten sie die längst abgelegt. Lamot zählte die Untertagetage, wie er sie nannte, seit einiger Zeit, nach den geschlafenen Nächten und dem Aufstehen. Er ahnte, dass sein Kalender sicher Tage vom wirklichen Datum abwich. Nur Barski behielt seine Armbanduhr und versuchte, eine Art Tageseinteilung für sie festzulegen.

Sobald sie ausgeschlafen hatten, legte er die Stunden für den gleichförmigen Tagesablauf fest.

In den ersten Monaten gaben sie sich Mühe, ihr Äußeres zu pflegen. Sie kürzten die Bärte und das Haar, putzten sich mit Salz und den Fin-

gern die Zähne und schnitten die Nägel mühselig mit den Scheren aus den Verbandspäckchen. Das war lange her.

Die verfilzten Bärte und der Haarschopf bekamen nur eine Korrektur, wenn es sein musste.
Die tiefliegenden Augen in den kaum sichtbaren, blass-weißen Gesichtern zeigten an, dass
es sich um menschliche Wesen handelte. Die
Fingernägel waren durch die Arbeit mit dem
Geröll kurzgeschliffen oder abgebrochen. Zäh-
neputzen konnten sie sich sparen, denn deren
gab es durch die vitaminlose, einseitige Ernährung immer weniger. Die schmutzigen Dril-
lichanzüge schlotterten um ihre mageren Körper. Sie boten einen Anblick, dass es einem
grauste.

Aumüller hatte sich nach seinem Zusammenbruch nicht mehr erholt. Er gab sich Mühe, es
zu verbergen und versuchte besonders fleißig
beim Arbeitseinsatz zu erscheinen. Dann kam
der Tag, an dem er hustete. Dieser Husten kam
immer tiefer aus dem Brustkorb. Sie hatten
kein Fieberthermometer, aber sein heißer Kopf
war das beste Anzeichen, dass sich eine Lun-
genentzündung anbahnte.

Sie verordneten ihm sofort Bettruhe. Schüttel-
frost ließ das Bett erzittern. Lamot kümmerte

sich rührend um ihn, wobei ihn das Gefühl beschlich, dass sie vermutlich ihren Kameraden verlören. Aumüller war sich seiner Lage bewusst und bat Lamot ein paar Zeilen für seine Eltern zu überbringen, wenn er es nicht überlebte. Lamot versuchte, ihn aufzumuntern, vergebens. Das Fieber stieg, der Husten wurde durch regelrechte Erstickungsanfälle begleitet und fünf Tage nach den ersten Anzeichen, starb Jakob Aumüller in den Armen Lamots.

Ihnen blieb nur die traurige Pflicht, den Kameraden zu seiner letzten Ruhestätte zu begleiten.

Sie standen in dem Friedhofsstollen, Lamot sprach wieder ein paar Abschiedsworte und dank der Dunkelheit sahen sie nicht, wie bei Krawuttke die Tränen flossen.

Hatte Ullmanns Tod die Stimmung stark gedrückt, so schien der Verlust von Aumüller ihnen die letzte Lebenskraft aus den Knochen gesaugt zu haben.

Eine Woche lang waren sie nicht in der Lage ihren bisherigen Tagesablauf zu bewältigen. Sie saßen oder lagen wortlos da und jede Bewegung schien ihnen Pein zu bereiten.

Sie zuckten zusammen, als sie Krawuttke hörten:

»Liebe Freunde, wenn wir uns in den nächsten Minuten nicht aufraffen, um wenigstens den Versuch zu unternehmen, unser Ziel, die Sonne wiederzusehen, zu erreichen, dann plädiere ich dafür, die Pistolen zu verteilen«.

Der Vorschlag verfehlte nicht seine Wirkung.

Barski war der Erste, der danach das Wort ergriff:

»Du hast uns mit deinen Worten vor die Wahl gestellt, unser Schicksal hier und jetzt mit dem Tod zu besiegeln, oder noch einmal alle Kraft zusammenzunehmen, um die winzige Chance, hier herauszukommen, zu ergreifen«.

Zögernd, leise aber mit dem Mut der Verzweiflung hörte Barski die Zustimmung von Krawuttke und Lamot, weiterzumachen.

Lagen sie abends auf ihren Pritschen, vernahmen sie das Pitsch, Pitsch, Pitsch der von der Decke herabfallenden Wassertropfen, die in die Wasserlachen fielen. Jede Nacht, wenn sich alles zur Ruhe begeben hatte, war das der einzige Laut, der die Stille im Berg unterbrach. Anfangs war man dankbar, dass das Geräusch die drückende Grabesruhe unterbrach. Je länger das Pitsch, Pitsch, Pitsch jedoch mit nervtötendem Gleichmaß in die Ohren drang, fol-

terte es das Gehirn. Dann wartete man angespannt auf das nächste Pitsch und zuckte bereits kurz vor dem Ton zusammen.

~ 14 ~

Ein Blick auf den Kalender ließ sie stets mutlo-
ser werden. Er zeigte an, dass ihre Gefangenschaft mehr als eineinhalb Jahre währte. Es
war Sommer. Draußen.

Ab und zu sprachen sie darüber, wie die Sonne
jetzt warm und hell scheinen würde, die Menschen auf den Feldern arbeiteten und die Kinder Sommerferien hätten. So mancher tiefe
Seufzer unterbrach die dunkle Stille. Lamot
entschloss sich, den Kalender nicht weiter zu
führen, da er ihnen nur vor Augen führte, wie
lange bereits die unfreiwillige Haft dauerte.

Seit Wochen hatte sie nicht mehr an ihrer Frei-
lassung gearbeitet. Verwaist standen die
Schubkarren im Stollen und die Schaufeln lagen ungenutzt am Boden.

Dem geregelten Tagesablauf folgte nun ein
planloses Dahinvegetieren.

Jetzt traten die Nebenwirkungen des Pervitin-
missbrauchs immer stärker zu Tage.

Lamot entdeckte, dass sich einer von ihnen den Rest der Fliegerschokolade heimlich aus dem Depot geholt hatte und vom Pervitin fehlten einige Röhrchen.

Eines nachts wurde er durch ein Geräusch wach, sah, dass das Bett von Krawuttke leer war. Er ahnte, dass er sich etwas antun, oder er ihn im Warenlager beim Diebstahl erwischen würde. Ohne Licht tappte Lamot zuerst ins Lager und versuchte, in der Dunkelheit, dem Poltern und Schurren nachgehend, den Kameraden zu stellen.

Wie erstarrt blieb er stehen, als er den kalten Lauf einer Waffe im Genick verspürte.

»Ich gebe dir noch eine Chance«, hörte er Krawuttke drohend flüstern, »du versprichst mir auf der Stelle das Maul zu halten, dass du mich ertappt hast, oder ich drücke ab«.

Was blieb Lamot anderes übrig, als ebenso leise zurückzuflüstern:

»Ist alles in Ordnung. Ich werde nichts sagen, aber du hättest mich nur fragen müssen, dann hätte ich dir alles gegeben«.

Erleichtert vernahm er, wie Krawuttke die Waffe sicherte und etwas ruhiger ergänzte:

»Entschuldige, ich weiß nicht, was in mich gefahren ist. Ich hätte bestimmt nicht abgedrückt. Mir ist das Pervitin ausgegangen und ohne halte ich nicht eine Stunde durch«.

»Warte, ich gebe dir jetzt noch ein Röhrchen, aber teile es dir gut ein. Außerdem vergiss nicht, was das Zeug mit unserem Verstand macht«.

»Ja, das weiß ich, aber das ist mir egal«, erwiderte Krawuttke.

»Unser Vorrat geht rapide zur Neige. Danach weiß auch ich nicht, wie es mit uns weitergehen wird«, bemerkte Lamot.

»Danke, du bist ein echter Freund«, gab Krawuttke erleichtert zu.

»Vergessen wir die ganze Sache«, schlug Lamot vor und beide schlichen zurück zu ihren Schlafplätzen.

Was in den zwei Monaten danach geschah, war überwiegend dem langen Einnehmen von Pervitin zuzuschreiben. Ihr Verstand verwirrte sich zusehends.

Bei Krawuttke, der bisher am wenigsten Nebenwirkungen gezeigt hatte, trat das schlagartig ein.

Eines Morgens sprang er von seiner Liege auf, riss die Lampe vom Haken und leuchtete den beiden Männern ins Gesicht.

»Wer seid ihr, was wollt ihr von mir, verschwindet, das hier ist alles meins, davon bekommt ihr nicht ein Stück ab«, schrie er ihnen entgegen.

Er griff unter seine Schlafstatt und zerrte einen Beutel mit dem aus dem Depot gestohlenem Pervitin und den Lebensmitteln hervor. Kurz danach brach er in ein durch Mark und Bein gehendes Gelächter aus und rief:

»Hört ihr denn nicht? Sie sind da. Hurra, sie sind da und holen uns. Unsere Kameraden haben uns gefunden. Kommt alle mit. Wir müssen sie begrüßen«.

Entsetzt rief Barski: »Karl, wir sind es, deine Kameraden Fritz und Paul. Erkennst du uns nicht mehr?«

Der durch das irre Gelächter aus dem Schlaf gerissene Lamot versuchte, zu begreifen, was sich hier abspielte.

Krawuttke stieß nur ein wahnsinniges Lachen aus, warf die Petroleumlampe auf den Boden, sodass das Glas zersplitterte, und verschwand kichernd mit dem prall gefüllten Beutel in der Dunkelheit.

Barski, selbst nicht mehr bei klarem Verstand, kramte blitzschnell seine Pistole aus dem Versteck und rief Lamot zu: »Wenn ich ihn nicht erledige, wird er uns alle umbringen«.

Mit einer anderen Lampe und der Pistole hastete er dem Flüchtenden nach.

Lamot stand im Dunkeln und tastete umher, um eine Lampe zu finden. Er steckte sie an und schaute sich um. Im ersten Moment spielte ihm der Verstand einen Streich. Er erkannte nicht, wo er sich befand. Alles um ihn herum erschien ihm fremd. Krampfhaft versuchte er, sich an die kurz zuvor geschehene Szene zu erinnern. Richtig, der eine war Fritz und der weggelaufen war, der hieß Karl. Was vorgefallen war hatte er vergessen.

Er setzte sich an ihren Kistentisch, goss sich den Rest des Kaffees vom Vortag in seine Blechtasse und schluckte zwei der Aufputschpillen. Wo waren die beiden hin? Warum kamen sie nicht zurück? Vielleicht hatten sie einen Ausgang gefunden und ihn hier sitzen lassen.

Diese und ähnliche Gedanken drehten Kreise in seinem Gehirn. Langsam klärte sich der Gedankennebel und erschreckt fiel ihm ein, Barski war mit der Pistole in der Hand hinter Krawuttke hergelaufen. Warum mit der Waffe? überlegte er. Würde Barski seinen Kameraden töten? Ja, er traute ihm so eine Tat zu.

Nach langer, sehr langer Zeit hörte er Schritte und kurz darauf trat Barski ins Lampenlicht.

Entkräftet sank er auf einer Liege nieder und stöhnte leise: »Hab ihn nicht gefunden. Er ist weg, einfach weg«.

Lamot fiel ein Stein vom Herzen.

Barski stand auf und kramte in Krawuttkes Sachen.

»Was suchst du Fritz?«, erkundigte sich Lamot als er sich daran erinnerte, dass der Mann sein Kamerad Fritz war.

»Ein Glück«, murmelte Barski und hielt die Pistole von Krawuttke hoch, »er hat sie nicht mitgenommen. Wir müssen sie verstecken, denn wenn er zurückkommen sollte, könnte er sie gegen uns verwenden«.

Sprach es und verschwand wortlos im Depot.

Als Lamot ihn hinterherrief, was er im Lager wollte, erhielt er keine Antwort. Barski kam nach längerer Zeit zurück und legte sich schweigend auf seine Schlafstatt.

In der Nacht stellte sich bei beiden kein durchgehender Schlaf ein. Kaum begannen sie zu dösen, als sie meinten, ein Geräusch gehört zu haben. Sie lauschten – nichts.

Erst gegen morgen forderte der Körper sein Recht und sie fielen in einen, unruhigen durch wirre Träume gepeinigten, Schlaf.

~ 15 ~

Die ersten schweren Spätsommergewitter entluden sich in tagelangen Regenfällen, die alles sintflutartig unter Wasser setzen. Durch unzählige Risse und Löcher im Muschelkalk strömte die Flut ins Berginnere und sammelte sich, unter anderem, in einer weiter entfernt liegenden Halle. Den Zugang zu dieser ehemaligen Montagehalle hatte man gesprengt. Das Wasser staute sich meterhoch an den Schuttmassen, die den Ausgang nach draußen versperrten. Der Wasserdruck nahm immer mehr zu und schließlich suchte sich die Wasserflut einen Weg durch einen kleinen Nebenstollen, dessen Ausgang von der Halle ins Freie, in eine

Schlucht führte. Die Öffnung des Querstollens lag etliche Meter über der Talsohle. Beim Bau der Tunnelanlagen hatte man den Stollen benutzt, um den Abraum aus dem Berg zu entfernen.

Die Männer kannten diese Halle. Bei ihrer ersten Begehung fanden sie große Mengen an vormontierten Raketentriebwerken. Sogar eine endmontierte Rakete des neuesten V1-Typs lag auf einem Transportwagen bereit. Der Raum war ihnen aufgefallen, weil man nur durch einen schräg nach unten führenden Schacht in ihn gelangte.

Barski und Lamot hatten die Suche nach Krawuttke aufgegeben. Nach weiteren Tagen entsannen sie sich nur undeutlich an ihren Kameraden.

Hatten beide die Kraft, ihre gegenseitige Abneigung zurückzustellen, um den Kampf ums Überleben weiterzuführen?

Sie selber belauerten sich ständig ohne Grund. Fast mechanisch erledigten sie die täglichen Aufgaben, wie eine Mahlzeit, meist kalt, zu sich zu nehmen und ab und zu im Berginneren planlos nach einem bisher übersehenen Ausweg zu suchen. Sie wussten, die Nachforschung war sinnlos, aber sie setzten sie verbissen und stur fort. Die Gespräche reduzierten sich auf das Nötigste.

Bei einem seiner stets alleine durchgeführten Erkundungsgänge stellte Lamot fest, dass das Wasser aus den Felsspalten in ihrem Badezimmer stärker als vorher floss, fast schon mit Druck herausströmte.

Er tappte durch die Felsflure und seine Schritte patschten in immer öfter durch sich ausbreitende Wasserlachen. Unruhe überkam ihn. Woher kam das Wasser? Wenn es weiter stiege, könnten das Lager und ihre einzige Zufluchtsstätte in Gefahr geraten. Seinen Gedanken, umzukehren und Barski zu informieren, verwarf er.

Jetzt stand er weit von dem Depot entfernt in einem Gang, der, wie sie früher festgestellt hatten, am Ende verschüttet war. Er erinnerte sich an einen kleinen Nebenstollen, der von hier aus schräg nach unten in eine große Halle führte. Auf die paar Meter kommt es nicht mehr an, überlegte Lamot und schlurfte den Gang weiter. Bevor er die Abzweigung erreichte, blieb er lauschend stehen.

Was rauschte da? Neugierig und gleichzeitig erregt tappte er, so schnell es eben ging, bis zum Eingang des Querstollens. Das Geräusch wurde lauter. Einige Sekunden lang zögerte er, hineinzugehen. Dann tastete er sich vorsichtig, in einer Hand die Lampe haltend und mit der anderen an der Wand Halt suchend, die enge und glitschige Schräge nach unten. Von vorne spürte er verwundert einen Luftzug. Hier im Berginneren konnte es keinen Luftzug geben, schoss es durch seinen Kopf. Woher kam der Luftstrom? Die Luft roch frisch und anders als die Luft im Inneren des Berges.

Seine Gedanken rasten. Sollte es hier eine Verbindung zur Außenwelt geben?

Diese Vorstellung ließ ihn schneller, mehr rutschend als gehend, durch den Stollen eilen.

Dann spürte er immer stärker, dass ihm ein kühler Wind ins Gesicht blies. Kurz vor Ende des Ganges glitten die Füße auf dem glatten Felsboden aus und er fiel mit einem Schrei ins Leere.

Mit einem lauten Klatschen landete Lamot im Wasser, welches etwa eineinhalb Meter hoch an dieser Stelle in der Halle stand. Prustend und nach Atem ringend tauchte er auf. Tiefe Finsternis umgab ihn. Wasser plätscherte von der Decke. Die Lampe hatte er fallen gelassen. Sie war in der Flut untergegangen. Selbst, wenn er sie wiedergefunden hätte, könnte er sie nicht mehr anzünden. Die Streichhölzer lagen neben seiner Liege beim Depot.

Er stand auf und stellte fest, dass alle Glieder unversehrt geblieben waren. Regungslos blieb er einige Minuten stehen und versuchte herauszufinden, woher der Luftzug, der ihn hierhergelockt hatte, kam. Er beschloss, nicht ziellos herumzuirren, sondern sich immer an der Wand entlang zu bewegen. Nach einigen Metern durch da Wasser spürte er, wie der Boden anstieg und bald darauf stand er auf trockenem Untergrund. Weiter tappte er die schier endlose Felswand entlang. Der immer stärker wehende Luftzug spornte ihn an, weiterzugehen.

Plötzlich griff die suchende Hand ins Leere. Die Luft kam direkt von vorne. Ihn fröstelte es durch die nasse Kleidung und den Wind. Er hatte den kleinen Querstollen erreicht, den das Wasser bis zur Bergaußenseite freigespült hatte. Frei war er nur teilweise, denn der Boden war bis zu einer Höhe von eineinhalb Metern mit Schutt bedeckt. Vorsichtig tastete sich Lamot um die Ecke und krabbelte auf die Gesteinstrümmer. Der Gang war nicht mehr hoch genug, um aufzustehen. Stück für Stück, alle paar Minuten verschnaufend innehaltend, robbte er auf dem Bauch weiter. Jetzt wehte ihn der Wind immer kräftiger ins Gesicht. In seinem Kopf kreisten die Gedanken wie wild durcheinander. War heute seine Gefangenschaft zu Ende? Führte der Stollen ins Freie

oder nur in eine größere Halle?

Dann griffen seine, den Boden abtastende, Hände ins Leere. Er erschrak und blieb regungslos mit geschlossenen Augen liegen. War vor ihm nur wieder ein in die Tiefe führender Schacht? Doch die Luft, die ihn entgegenwehte, war so rein und frisch, dass er erwartungsvoll die Augen öffnete.

Was er sah, ließ augenblicklich Tränen fließen. Er wollte vor Freude schreien, brachte aber nur ein trockenes Schluchzten heraus. Vor ihm am tiefschwarzen Nachthimmel stand der Mond, blendend hell für seine Augen. Eine Wolke hatte ihn in diesem Moment freigegeben. Er zog die Beine an, hockte sich hin und faltete die Hände und seine Lippen bewegten sich zu den fast unhörbaren aber aus tiefsten Herzen kommenden Worten: »Ich danke dir mein Gott für diesen Augenblick«.

Nachdem er begriffen hatte, dass seine jahrelange Gefangenschaft in diesem Moment der Vergangenheit angehörte, überlegte er alsbald, wie es weitergehen sollte.

Bei dem nur kurz leuchtenden fahlen Mondlicht erkannte er, dass die Öffnung des Stollens vermutlich einige Meter über dem Grund lag. Eine Wolke schob sich erneut vor die Himmelslaterne. Heute wäre es in der Dunkelheit zu gefährlich, zu versuchen, dort hinabzusteigen.

Einerseits fühlte er sich erschöpft, aber andererseits die Chance die Freiheit wieder zu erlangen, mobilisierte seine letzten Kräfte.

Er kroch rückwärts zurück in die Halle und tastete sich an der Wand entlang, alle paar Meter nach oben fassend, um die Öffnung des Querstollens nicht zu verpassen. Dann stand er wieder im Loch mit dem Wasser und kurz danach hatte er die Unterkante der Öffnung ertastet. Mit letzter Kraft zog er sich hoch und in den Gang hinein. Hier blieb er minutenlang entkräftet liegen.

Dann raffte er sich auf und robbte den schrägen Boden auf allen vieren bis zum nächsten Gang.

Den größeren Stollen hatte er verhältnismäßig in kurzer Zeit hinter sich gelassen und musste sich besinnen, wie er den Weg zurück zum Lager fände.

Der Rückweg war beschwerlich. Seine Finger griffen oft ins Leere, sodass er sich immer wieder konzentrieren musste, auf welcher Seite der nächste zurückführende Weg lag. Mit blutig aufgerissenen Händen taumelte er nach Stunden in den Lichtkreis des Lagers und ließ sich, völlig ausgepumpt, auf sein Feldbett fallen.

»Wie siehst du denn aus? «, mit diesen Worten empfing ihn Barski, der sich längst Gedanken um Lamot gemacht hatte, nachdem er stundenlang kein Lebenszeichen von ihm vernommen hatte.

Nach einer längeren Verschnaufpause erkundigte sich Lamot: »Ich hätte gerne gewusst, welches Datum wir heute haben«.

»Wieso das? Paul, du weißt doch, dass das Tageszählen schon lange von dir selber aufgegeben wurde. Wozu sollen wir uns zusätzlich damit belasten die Tage der Gefangenschaft zu zählen«, erwiderte unwillig Barski.

»Weil sie heute vorbei sind!«, fast schrie er diese Neuigkeit seinem Kameraden ins Gesicht.

Barski rückte ein Stück weg von Lamot und war in diesem Moment davon überzeugt, dass Paul endgültig den Verstand verloren hatte.

Seine Überzeugung, sein Gegenüber wäre komplett verrückt, verstärkte sich als Lamot mit verklärtem Gesicht leise sagte: »Ich habe den Mond gesehen«.

Barski lag es, auf der Zunge zu fragen, in welchem Stollen oder in welcher Halle er ihn entdeckt hätte.

Schwieg jedoch. Er wusste sich nicht anders zu helfen und dachte, vielleicht hilft eine Tasse Kaffee, seinen Geist wieder ins Lot zu bringen. Er kochte eine Kanne mit extra starkem Kaffee und goss jedem davon ein. Barski selbst von Wahnvorstellungen gepeinigt, war sich sicher, dass der Kamerad alles nur in seiner verwirrten Fantasie erlebt hatte. Lamot saß währenddessen mit versonnenem Lächeln schweigend da und sah Barski zu.

Nach einer längeren Pause, der Kaffee entfaltete seine Wirkung, begann Lamot zu erzählen. Er beschrieb ausführlich, von welchem Stollen er durch die Schräge in die Halle gelangt war. Den Querstollen, so berichtete er, hätte er im Dunklen allein durch den Luftzug gefunden.

Nachdem er geendet hatte, Barski hatte zwischendurch Fragen gestellt, liefen auch bei ihm die Tränen übers Gesicht.

»Und das ist wirklich so gewesen?«, fragte er immer noch fassungslos.

»Ja, genauso war es«, bestätigte der Erzählende.

»Wenn die Kameraden das noch miterlebt hätten«, bedauerte Lamot.

»Du bist also der Ansicht, dass Krawuttke tot ist«, vermutete Barski.

»Vielleicht ist er nur irgendwo in einen uns unbekannten Schacht gefallen und liegt jetzt verletzt dort«, überlegte Lamot.

»Ich bin nach seinem Verschwinden alle uns bekannte Stollen, selbst die kleinsten Querstollen abgegangen und habe keine Spur von ihm gefunden. Das ist seltsam«, meinte Barski.

»Ich denke, es ist jetzt an der Zeit, an uns zu denken. Was sollen wir jetzt machen?«, fragte Lamot.

Sein Gegenüber überlegte eine Weile und schlug dann vor: »Zuerst sollten wir uns dort vorsichtig die nähere Umgebung ansehen. Sollte das Gebiet von den Russen besetzt sein, hätten wir ein echt großes Problem. Wenn sie uns erwischten, wäre die gerade gewonnene Freiheit sofort wieder zu Ende. Sie würden sehr schnell herausfinden, dass wir der Waffen-SS angehörten und uns entweder erschießen, oder nach Sibirien in ein Arbeitslager verbannen. «

Lamot darauf: »Wir könnten doch sagen wir wären ganz einfache Heeresoldaten«.

Mit einem müden Lächeln zerstörte Barski diese Idee, indem er seinen linken Ärmel hochschob und auf die Innenseite seines Oberarms zeigte. »Hast wohl vergessen, dass man uns die Blutgruppe eintätowiert hat«.

»Verdammt, daran habe ich nicht gedacht«, entfuhr es dem Kameraden.

»Lass uns eine Nacht die Sache überschlafen und die neue Situation morgen neu überlegen«, schlug Barski vor. Lamot nickte und mutmaßte: »Hoffentlich kann ich überhaupt ein Auge zumachen«.

~ 16 ~

Erstaunlich, dachte Barski, als er morgens die Augen aufschlug, wie sich die positive Nachricht auf den Geisteszustand von uns beide ausgewirkt hatte.

Nicht, dass alles wie früher war, aber die immer mehr ausufernde Aggression zwischen ihnen schien im Augenblick schwächer zu sein. Ehe sie sich zum Schlafen hingelegt hatten, beschlossen sie, das Pervitin sofort abzusetzen.

Wie schwer der Entzug sich auswirken würde, war ihnen nicht bewusst.

Langsam erwachte Lamot, blinzelte und erkundigte sich: »Fritz ich habe geträumt, wir sind wieder frei«.

Der grinste und bestätigte: »Hast nicht geträumt, du hast einen Weg in die Freiheit gefunden«.

Nach dem Frühstück saßen sie einträchtig beisammen und schmiedeten Zukunftspläne.

Barski übernahm, wie gewohnt, die Führungsrolle und schlug vor: »Wir haben keine Ahnung, was sich da draußen in der Zeit verändert hat. Wir müssen auf alles gefasst sein. Wir müssen davon ausgehen, dass wir den Krieg verloren haben und nun von den Siegern besetzt sind. Nachdem wir damals russische Sprache hörten, vermute ich, dass wir uns auf russisch besetztem Gebiet befinden. Da heißt es, mit größter Vorsicht die nächsten Schritte zu überlegen«.

Nach einigen Sekunden des Nachdenkens verkündete Barski wie aus heiterem Himmel äußerst erregt: »Mir ist es im Moment egal, wer da draußen das Sagen hat. Ich will heute, nein, mich sofort davon überzeugen, dass wir wieder frei sind«.

»Ich weiß jetzt, wo du gewesen bist und du wirst mich nicht aufhalten«, setzte er nach und dabei war der drohende Unterton in der Stimme, nicht zu überhören. Abrupt kippte die Stimmung. Durch das abgesetzte Aufputschmittel verloren die geschädigten Gehirne den Blick auf die Realität. Die Entzugserscheinungen setzten schlagartig ein.

Lamot wollte nach diesen Worten erst aufbrausen, zwang sich aber ruhig zu bleiben und entgegnete warnend:

»Solltest du mich mit deiner Unüberlegtheit in Gefahr bringen, werde ich mich wehren«.

Hatten sie die Umstände bisher gezwungen, miteinander auszukommen, so ergab sich nun eine völlig neue Situation. Lamot hatte sich getäuscht, als er glaubte, die Aggression hätte sich gelegt. Sie war immer latent vorhanden und kam jetzt wieder zum Vorschein. Der Bruch war endgültig. Jeder nahm sich vor, ab sofort seinen eigenen Weg zu gehen.

Lamot kochte wortlos Kaffee und bediente sich. Barski wartete eine Weile, ehe er sich Kaffee nahm und etwas aß. Sie hatten möglichst weit voneinander Platz genommen. Nach dem Frühstück verschwand Barski für längere Zeit im Depot. Zurückgekommen, suchte er sich eine Schere aus dem Verbandspäckchen und begann den Bart zu stutzen. Der war danach zwar kürzer, sah aber aus, als ob an ihm Mäuse genagt hätten. Dann versuchte er, die schulterlangen Haare zu schneiden. Er schnitt solange an ihnen herum, bis sie etwa fingerlang waren. Es sah verheerend aus. Kaum war er fertig damit, schnappte er sich eine Petroleumlampe und verschwand wortlos. Nach seinem Zeitgefühl musste es früher Morgen sein.

Lamot wollte ihm nachrufen, auf das Wasser in der Halle aufzupassen, unterließ es aber. Sollte er doch zusehen, wie er damit klarkommt.

Er nahm die Schere, die auf dem Tisch lag und folgte dem Beispiel Barskis.

Aus dem Depot holte er sich einen neuen Arbeitsanzug und neue Schuhe. Da er sich nicht sicher war, ob Barski sogar bis zum Äußersten ginge, durchsuchte er dessen Sachen und nahm die Pistole an sich. Er entfernte die Patronen aus dem Magazin und vergewisserte sich, dass keine mehr im Lauf steckte. So entladen, legte er sie wieder zurück. Er war sich sicher, dass er zurückkommen würde, denn ohne Waffe hätte er nicht gewagt, den Berg zu verlassen.

Die Stunden verstrichen und er kam nicht.

Es wurde Mittag. Kein Barski in Sicht.

Am späten Nachmittag hielt es Lamot nicht mehr aus. Mit einer Lampe ausgestattet begab er sich auf die Suche.

Den Stollen vor der Halle hatte er schnell erreicht. Mit größter Vorsicht, die Lampe immer über dem Kopf haltend, ließ er sich von dem schrägen Stollen ins Wasser gleiten. Das Wasser hatte aufgehört von der Decke zu plätschern.

Er hielt sich mit der freien Hand an der Unterkante der Öffnung solange fest, bis er mit den Füßen festen Boden im Wasser spürte. Die Lampe hielt er hoch über den Kopf. Das Licht der Lampe reichte nicht aus, die ganze Halle auszuleuchten. Barski war nicht zu entdecken. Er verließ das Wasserloch und bewegte sich zum Eingang des Querstollens, der ins Freie führte. Auch hier sah er den Kameraden nicht. Er ließ die Lampe neben der Öffnung stehen und kroch auf allen Vieren auf dem Schutt bis zum Ende des Ganges.

Vorsichtig schaute er ins Freie. Da die Dämmerung des Herbsttages rasch in die Dunkelheit überging, beeilte er sich, um etwas zu sehen. Er blickte nach unten und zuckte zurück.

Unschwer erkannte er zwei Männer. Der Zweite war Krawuttke. Barski hatte den Weg nach seiner Beschreibung gefunden.

Wann und wie Krawuttke den Weg in die Freiheit fand, und wo er sich vorher aufgehalten hatte, würde er ihn später fragen. Anscheinend hatten sie den Sprung aus der Höhe schadlos überstanden. Lamot wollte gerade die beiden anrufen, als er im letzten Moment etwas entdeckte, das ihn davon abhielt. Was war mit Krawuttke geschehen, er schien den Sprung doch nicht so schadlos überstanden zu haben. Lamot erschrak, als er genauer hinsah. Krawuttkes lag auf dem Rücken, sein Gesicht war mit Blut verschmiert und auf dem Felsen neben seinem Kopf war ein großer dunkler Fleck, der Blut sein konnte. Er gab kein Lebenszeichen von sich. Barski, der daneben kauerte, schien die Anwesenheit Lamot gespürt zu haben und schaute nach oben.

»Verschwinde«, schrie er und sprang aus der Hocke auf, »wenn ich dich kriege, geht es dir genauso«.

»Fritz, hast du das gemacht?«, rief Lamot entsetzt. Schlagartig ahnte er, dass sich Karl diese Kopfwunde sicher nicht beim Sprung nach unten zugezogen hatte.

»Er war gegen mich, wie ihr alle. Ihr wart schon seit dem ersten Tag gegen mich. Er hätte mich verraten können, wenn sie ihn erwischt hätten. Das musste ich verhindern«, schrie der zurück.

»Du bist ja irre geworden«, beschimpfte Lamot seinen Kameraden.

»Kann sein«, stimmte Barski zu und das durch und durch gehende Gelächter unterstrich seinen Geisteszustand. Er ergänzte:

»Hatte ein leichtes Spiel. Er kam kurz nach mir. Als er aus der Öffnung heruntersprang, hat er sich den Kopf angeschlagen und war bewusstlos. Ich wollte ihn fragen, wo er so lange war, aber das ist jetzt zu spät. Ich habe ihn dann den Rest gegeben, haha.«

Lamot wurde es übel, als er das hörte. Zweifellos hatte Barski den Verstand verloren und stellte für ihn eine Gefahr dar. In diesem Moment prallte ein Stein dicht neben seinem Kopf an die Felswand. Schrill lachend hatte ihn Barski geworfen. Lamot schätzte die Entfernung vom Schuttberg dort unten bis zur Öffnung auf mehr als drei Meter. Ohne Hilfsmittel konnte Barski nicht heraufkommen. Es sei denn, er stapelte solange Felsbrocken auf, bis er mit den Händen die Unterkante der Stollenöffnung erreichte. Jetzt war es an der Zeit, seine eigene Haut zu retten, überlegte er und entwickelte sofort einen Schlachtplan.

Er musste die Öffnung umgehend verschließen. Käme Barski erst wieder in den Berg, hätte er keine Chance, sich vor ihm zu schützen. Barski könnte sich verstecken und jederzeit zuschlagen. Das galt es zu verhindern. Mit allen Kräften rollte, schob und zerrte Lamot möglichst schwere und große Felsbrocken vor den Ausgang.

Barski bemerkte das und schrie: »Das wird dir auch nichts nützen. Ich bringe dich genauso um, wie den hier.«

Dem Angesprochenen lief ein Schauer den Rücken hinunter. Was war aus dem so beherrschten, führungsstarken Kameraden geworden. Nie und nimmer hätte er sich das vorstellen können.

Nach endlos langer, schweißtreibender Arbeit, hatte er den Gang soweit verfüllt, dass es für Barski schwer würde, von der Außenseite den ersten großen Felsblock zu bewegen. Lamot fühlte sich jetzt ein wenig sicherer.

Nachdem er von Lamot nichts mehr sah, überdachte Barski die neue Situation.

Zuerst schleppte er den toten Kameraden ein Stück von der Stelle, wo er ihn erschlagen hatte weg, und grub mit bloßen Händen ein Loch in den Schutt. Danach rollte er ihn hinein und warf die Grube wieder zu. Sein Verstand war bereits so verwirrt, dass er sich einige Zeit später weder an den Namen des Kameraden, noch an die Stelle erinnerte.

~ 17 ~

Die Nacht legte sich feucht und kühl über das kleine Dörfchen, das etwa drei Kilometer vom Berg entfernt lag. Die Bewohner hatten nach dem Krieg, der zwei Jahre vorbei war, unter großen Entbehrungen in den Alltag zurückgefunden.

Im Haus der Familie Werner hatten sich alle zur Ruhe begeben. Heute war Waschtag und Frau Werner hatte die Wäsche im Schuppen zum Trocknen aufgehängt. Am nächsten Morgen schaute sie nach, ob das eine oder andere Wäschestück zum Bügeln trocken wäre. Sie traute ihren Augen nicht. Wo war der Arbeitsanzug ihres Mannes und warum fehlte seine Unterwäsche? Sie rannte ins Haus und berichtete ihrer Tochter, völlig außer Atem, was sie festgestellt hatte.

»Ob das die Russen waren?«, vermutete diese, »immerhin liegt unser Haus dicht am Übungsgelände der russischen Armee«.

»Was sollen Russen mit einem Arbeitsanzug«, zweifelte die Mutter, »davon haben sie selber genug«.

»Papa wird ganz schön sauer sein, wenn er nach Hause kommt und sein Arbeitsanzug, den er sich gerade mühsam besorgt hat, weg ist. Wenn Papa den Dieb erwischt, dann möchte ich nicht in dessen Haut stecken«, prophezeite die Tochter.

»Warum hat Arko nicht gebellt«, wunderte sich Frau Werner.

Sie lief zu der etwas entfernt stehenden Hundehütte und rief »Arko, wo steckst du, komm sofort hierher«. Kein freudiges Gebell antwortete wie sonst. Sie schaute in die Hütte, kein Arko. Sie umrundete die Hütte und schrie entsetzt nach ihrer Tochter: »Komm schnell her, man hat Arko erschlagen«, wobei sie mit zitternder Hand hinter die Hundehütte zeigte. Dort lag der betagte Schäferhund mit eingeschlagenem Schädel.

»Wer macht denn sowas«, entrüstete sich die Tochter und begann zu weinen. Sie war mit Arko groß geworden. Sie kniete sich zu ihm und strich mit der Hand über sein Fell. »Mama, wir müssen sofort zur Polizei gehen und den Diebstahl und das mit dem Hund melden«, forderte sie die Mutter auf.

»Warten wir bis Papa heimkommt. Er wird dann entscheiden, ob wir zur Polizei gehen sollen, oder nicht«, überlegte die Mutter.

Als der Vater nach Hause kam, war er wütend wegen des verschwundenen Arbeitsanzuges und entsetzt wegen ihres toten Hundes. Zur Polizei gehen mochte er aber nicht, dann könnte ja herauskommen, dass er den Anzug nicht legal von einem Bekannten erhalten hatte, der in der Textilfabrik arbeitete.

»Und wenn jemand fragt, wo der Hund geblieben ist? «, wandte die Tochter ein.

»Alle wussten doch, dass er recht alt war. Wir sagen eben, er ist plötzlich verstorben. Wir müssen demnächst besonders wachsam sein. Ich möchte nicht erleben, dass noch mehr Sachen verschwinden. Sollte das wieder geschehen, dann ist immer noch Zeit, das der Polizei anzuzeigen«, beschloss er.

Zur gleichen Zeit wundert sich am anderen Ende des Dörfchens eine Frau über mehrere leere, so wie es aussah, ausgetrunkene Eier, die vor dem Hühnerstall lagen.

»Na, so etwas auch«, murmelt sie, »das kann einerseits ein Marder gewesen sein, andererseits hätte der sich nicht mit den Eiern begnügt, sondern sich auch über die Hühner hergemacht«.

Barski gab die wiedergewonnene Freiheit neuen Auftrieb. Viel hatte er nicht bei seinem überstürzten Abgang mitgenommen. Einige Röhrchen Pervitin, Streichhölzer und Esbit – Trockenbrennstoff. Erst als er draußen war, vermisste er seine Pistole. Er ärgerte sich über seine zunehmende Vergesslichkeit. Im Moment zog es ihn nicht zurück in das Berggefängnis. Dafür war immer noch Zeit. Dann werde ich sie nicht wieder vergessen, nahm er sich vor.

Auf dem nächtlichen Weg in das Dörfchen sah er einige Personen, die angestrahlt von den Autoscheinwerfern, vor einem Lastwagen standen. Er wagte sich näher und erschrak. Jetzt erkannte er die Uniformen und kurz darauf war er nah genug, Wortfetzen zu vernehmen. Es waren russische Soldaten. Das erschwerte seine Lage erheblich.

Im großen Bogen umging er sie und nachdem er sich bei Familie Werner mit dem Arbeitsanzug bedient hatte, zog er weiter bis zu jenem

Hühnerstall, wo er sich die rohen Eier einverleibte. Im Schweinestall suchte er nach etwas Essbaren und fand in einen Weidenkorb trockene Brotscheiben und Kanten. Er steckte sich die Taschen voll. Auf dem Rückweg tauschte er seinen Wehrmachtsarbeitsanzug und die Unterwäsche gegen die neuen Sachen aus. Sorgfältig versteckte er alles in einer Felsnische. Die Nacht verbrachte er, notdürftig mit einigen Zweigen abgedeckt, an einer windgeschützten Stelle in der Nähe, wo er dem Berg entkommen war. Es war kalt. Er wusste, der Herbst würde bald noch kälter werden und dem Winter Platz machen.

Zuerst suchte er am Berg nach einer Höhle, wo er ungestört bleiben konnte. Er fand sie, nur einen Kilometer von der alten entfernt. Es war eine natürlich entstandene Felshöhle, die sich sehr weit in das Berginnere hineinzog. Hier fühlte er sich sicher. Sie lag ebenfalls auf dem Gebiet der russischen Armee. Kein neugieriger Höhlenbesucher würde ihn hier stören.

Würde der Hunger zu stark, ginge er zurück zum Depot im Berg. Es hätte einiger Anstrengungen bedurft, zuerst ausreichend viele Steine bis zum Höhleneingang aufzuschichten und danach die aufgebaute Steinbarrikade zu entfernen. Bisher konnte er sich dazu nicht durchringen.

Er dachte daran, dass er Lamot träfe und ein hämisches Lächeln glitt über das Gesicht. Käme es zu Schwierigkeiten, so brächte er ihn um, ohne mit der Wimper zu zucken und freute sich in der nächsten Sekunde bereits auf ein warmes Feldbett und die Lebensmittel.

Die folgende Zeit verbrachte er damit, sich mit dem Dringendsten zu versorgen. Er unternahm weite Beutezüge durch die kleinen Orte und abgelegenen Gehöfte.

Anfangs sah er zu, dass er nur so viel wie unbedingt nötig mitnahm. Er wollte vermeiden, dass das auffiel und man größere Suchaktionen nach dem Dieb startete. Das gelang, waren die Bestohlenen oft der Meinung, es wären die Soldaten aus den Kasernen.

~ 18 ~

Im Berg hockte Lamot, noch immer tief bestürzt über das soeben Gesehene, auf einer Proviantkiste und überlegte, wie es weitergehen sollte.

Ich habe mich jetzt selber eingesperrt, dachte er. Gut, ich kann zwar nicht raus, aber er auch nicht so leicht herein. Verhungern würde ich nicht. Die Einsamkeit und die bedrückende

Umgebung ertrüge ich jetzt noch eine Weile, da war er sich sicher.

Er war allein in der Höhle und so gab es keine Reibereien mit den Kameraden.

Nach dieser Erkenntnis, und dem beruhigenden Umstand, jederzeit den Berg zu verlassen zu können, nahm er sich fest vor, wenig, möglichst nichts mehr, von dem Teufelszeug zu schlucken. Bei der Kontrolle der Pervitinvorräte bemerkte er, dass eine nicht unbeträchtliche Anzahl der Röhrchen fehlte. Er vermutete sofort, dass sich Barski vor dem Verschwinden damit eingedeckt hatte.

Einige Tage kämpfte er verbissen, immer wieder durch Rückfälle gehindert, die Mengen des Medikaments bis auf null zu reduzieren. Deutlich erinnerte er sich daran, wie damals seine Hände anfingen zu zittern und er zeitweise nicht einmal mehr seine Kameraden erkannte.

Urplötzlich sprang er auf.

Der Gedanke, der ihm in dieser Sekunde durch den Kopf fuhr, beunruhigte ihn schlagartig. Was geschähe, wenn sie Barski erwischten? Behielte er das Versteck im Berg für sich, oder verriet er ihn? So, wie er es Krawuttke zugetraut hatte.

Träte der Fall ein, wären meine Tage gezählt.

Der nächste Gedanke, er erschrak augenblicklich darüber, was er in dem Moment dachte, wäre die bessere Lösung. Vielleicht käme Barski dabei ums Leben, dann könnte er nichts mehr verraten, oder sollte ich mich nicht auf den Zufall verlassen und die Sache selbst in die Hand nehmen?

Die Pistole hatte Barski vergessen mitzunehmen. Die Idee, beim nächsten Aufeinandertreffen ihn zu erschießen, wäre leicht. Im gleichen Augenblick schämte er sich für diesen Gedanken. Nein, ein Kameradenmörder, sei der auch eine große Gefahr für ihn, der wollte er nicht werden. Er gab sich einen Ruck und beschloss, einige Tage zu warten und dann eine Entscheidung zu treffen, wie es weitergehen sollte.

~ 19 ~

Barskis Haare und der Bart waren, seit er die Höhle verlassen hatte, wildwuchsartig gewachsen. Sein Anblick war bei Tageslicht schon furchterregend.

Eines nachts schlich er in einen Kuhstall und versuchte, eine Kuh zu melken. Selbst eine Kuh merkte sofort den Unterschied, wenn sie zu einer anderen Zeit gemolken wird und nicht von der gewohnten Person, sondern mitten in der Nacht von einem Fremden angefasst wird. Sie muhte lauthals, schlug mit dem Schwanz um sich und warf den Eimer samt Barski um.

Vom Lärm aufgeschreckt tappte die Bäuerin in Nachthemd und Pantoffeln zum Stall und leuchtete von der Tür ins Innere. Im schwachen Licht der Taschenlampe erblickte sie einen großen, dunkel gekleideten Mann mit einem, von wucherndem Haar umrahmten, bleichen Gesicht, der neben dem Tier kniete. Sie war wie gelähmt und nicht einmal im Stande einen Schrei auszustoßen. Erst als der Eindringling hochsprang und auf sie zustürzte, schrie sie gellend auf, ließ die Lampe fallen und flüchtete. Ihr Glück, dass Barski über den Eimer stolperte und der Länge nach zu Boden stürzte.

Jetzt galt es so schnell wie möglich zu verschwinden, denn im Haus ging Licht an.

Es gelang ihm, in der Dunkelheit unterzutauchen. Im Nachhinein verwünschte er seinen plötzlichen Wunsch nach Kuhmilch.

Nachdem er sich vom Schreck erholt hatte, stieg eine unberechenbare Wut, über seine schmähliche Niederlage im Stall, in ihm hoch.

Wäre ihm in diesem Zustand jemand entgegengekommen, er hätte ihn unbesehen und grundlos umgebracht.

Fast wäre es dazu gekommen.

Um seine Höhle zu erreichen, war es unumgänglich, jedes Mal an einem bewachten Waffendepot der russischen Armee vorbeizuschleichen. Bisher war er stets unbemerkt vorbeigehuscht. Heute war er so aufgewühlt, dass er sich abreagieren musste. Durch das Gebäude gedeckt, schlich er sich von hinten an den ahnungslosen, wachestehenden Soldaten heran, legte blitzschnell seine gewaltigen Pranken um dessen Hals und drückte erbarmungslos zu. Das Opfer hatte keine Chance sich zu wehren oder einen Schrei auszustoßen. Der junge Mann sackte zusammen. Beinahe hätte er ihn getötet.

Sollte er die Maschinenpistole mitnehmen, oder die Pistole? Er überlegte kurz und entschloss sich, nur die Pistole mitzunehmen. Schon längst hatte er bereut, seine eigene Waffe im Berg liegengelassen zu haben.

Auf dem Weg zur Höhle ärgerte er sich über seine Unbeherrschtheit. Sie würden nach dem Täter suchen. Vielleicht sogar in den eigenen Reihen. Dann glitt ein Grinsen über das Gesicht. Sicher liefe das alles in der russischen Armee ab, wie in jeder Armee auf der Welt. Der junge Soldat bekäme große Schwierigkeiten, weil ihm das zugestoßen war. Man unterstellte ihm, er hätte nicht genug aufgepasst und sogar geschlafen. Die Strafe wäre drakonisch, das wusste man von der russischen Armee. Selbst Sibirien drohte ihm. Da es auf dem militärischen Gebiet geschehen war, drang der Vorfall nicht nach draußen. Sich mit diesen Gedanken beruhigend, erreichte er mit einigen Umwegen seine Wohnhöhle.

Er wartete zwei Tage, ehe er sich wieder auf Beutezug begab.

Der Vorfall im Kuhstall hatte zur Folge, dass zuerst die Frau, deren Mann den Monteuranzug vermisste, und alsbald die Bäuerin, die sich über den Anblick Barskis so erschrocken hatte, im Konsum-Laden darüber tratschten. Andere Kundinnen, die das hörten, horchten auf und berichteten vom Verschwinden diverser Sachen aus den Schuppen und den Kellern. Übereinstimmend meinten sie, sich nur an einen dunklen Schatten mit einem bleichen Gesicht zu erinnern. Ihre Männer, von denen einige es wagten, den Fremden nachzusetzen, bestätigten das Aussehen. Jetzt stand fest, es treibt sich ein Unbekannter in der Gegend umher. Sie verabredeten, vorerst nicht die Polizei einzuschalten. Das könnte man immer noch nachholen. Vielmehr setzten sie auf größere Wachsamkeit.

Die Vorsichtsmaßnahmen führten dazu, dass scharfe Hunde angeschafft wurden, um das Eigentum zu bewachen.

Barski erfuhr auf unliebsame Weise von den verschärften Maßnahmen.

Die Diebestour in einer der nächsten Nächte endete mit einem Biss in den linken Arm, an dem ein schlechtgelaunter Dobermann hing. Der hatte nicht gebellt, sondern gewartet bis sich der Einbrecher im Grundstück befand. Dann hatte er ihn sofort mit einem kurzen Knurren angegriffen. Barskis Messer fuhr dem tapferen Wächter geradewegs in Herz. Mit Mühe gelang es ihm, die Schnauze des Hundes aufzureißen, um sich aus den Zähnen zu befreien.

Der Schreck saß tief. Was hätte er dafür gegeben, jetzt im Depot sich mit Heilsalbe und Verbandszeug zu versorgen. In seiner Wohnhöhle angekommen säuberte er, soweit es möglich war, die Wunden und legte sich einen Verband aus in Streifen geschnittenem Unterhemd an.

Hoffentlich entzündet sich die Bisse nicht, ging es ihm durch den Sinn.

~ 20 ~

Es wird Zeit, den Berg zu verlassen und zu versuchen der Einsamkeit Lebewohl zu sagen, überlegte Lamot. Gewiss bräuchte er einige Zeit, um die selbst aufgetürmten Schuttmengen zu beseitigen. Was ihn draußen erwartete, lag völlig im Dunklen. Lauerte Barski ihn auf, so hätte er, körperlich keine Chance. Überraschte er Barski, so war er sich nicht sicher, ob er ihn erschießen könnte. Warten wir ab, wie sich die Ereignisse entwickeln.

Einer von uns beiden wäre der Verlierer. Er beschloss, es nicht zu sein.

Das Freiräumen des Fluchttunnels zog sich über zwei Tage hin. Er merkte alsbald, dass seine Kräfte zunehmend schwanden, stemmte sich aber gegen den Gedanken, die restlichen Reserven mit Pervitin freizusetzen.

Dann war es soweit. Der letzte Felsbrocken polterte in die Tiefe. Er hatte damit gewartet, bis er kein Tageslicht mehr sah. Jetzt ging der Abend rasch in die Nacht über. Tief atmete er die kalte Luft des Herbstes ein. Sie roch nach feuchter Erde und Laub. Wie lange hatte er diesen Geruch vermisst.

Da er den Sprung aus dieser Höhe nicht wagte, hatte er sich aus Seilen und Brettern eine Strickleiter gebaut. Die Länge hatte er nach seiner Erinnerung, als er die Kameraden entdeckt hatte, geschätzt. Das eine Ende beschwerte er mit Felsbrocken und warf das andere Ende in die Tiefe. Seine Kräfte hatten durch die lange Gefangenschaft nachgelassen. Deshalb war er sich nicht sicher, ob er auf dem Rückweg die unsichere, hin- und herpendelnde Leiter empor klettern könnte. Er musste es wagen. Nach dem Entfernen der Felsstücke, welches nicht lautlos vonstattengegangen war, lauschte er eine Weile, ob er ein verdächtiges Geräusch hörte. Ein Zusammentreffen mit Barski wäre das Letzte, was er in diesem Moment bräuchte. Nur leises Blätterrauschen, sonst Stille.

Er setzte einen Fuß nach dem anderen auf die wackelnden, schmalen Bretter und hangelte sich vorsichtig nach unten. Seine Füße ertasteten festen Boden und er atmete auf. Erschrocken stellte er fest, dass der Abstand bis zur Öffnung nicht mehr so groß war. Barski hatte bereits versucht, hochzuklettern und eine neue, höhere Plattform aufgeschichtet. Lamots Hand tastete nach der Pistole. Beruhigt fühlte er den kalten Stahl in der Hosentasche.

Als sie alle gemeinsam über ihr Schicksal diskutierten, entwarfen sie verschiedene Szenarien, wie sie wieder zurück ins Leben fänden. Lamot war überzeugt, dass die Russen nicht das ganze Land besetzt hätten. Immerhin gab es die drei Alliierten, die sich ihren Anteil an Deutschland sichern würden. Für ihn stand fest, dass das Rheinland nicht russisch wäre, weil es zu weit westlich lag. Aufgrund dieser Annahme war sein Plan, sich bis zum Rhein durchzuschlagen. Er würde gefangen genommen werden und wahrscheinlich in einem Lager landen. Die Gefahr, in Sibirien Eisenbahnschienen zu verlegen, ginge er damit aus dem Wege.

Er hatte nicht vor, sich vorläufig seiner Kleidung zu entledigen. Die Farbe des Drillichanzuges verschaffte ihm zusätzlich einen Tarnvorteil im Dunklen und in der Natur.

 Wie einfach hatte er sich vorgestellt, die Umgebung zu erkunden. Der frühe Abend und die stockdunkle Nacht ließen ihn mutlos werden. Er sah sprichwörtlich nicht die Hand vor den Augen. Er tastete sich, immer wieder ausrutschen und an Felsbrocken stoßend, den Hang hinunter. Im Stillen verfluchte er seine Idee so spät am Tag, den Ausflug geplant zu haben.

Nachdem er sich durch einen dichten Wall von Büschen gequält hatte, fühlten seine Füße ebenen Boden. Er stand auf einer Straße.

Der verhangene Himmel riss auf und ein fahler Mondschein ließ ihn zusammenfahren. Wenn ihn nur niemand in diesem Augenblick sähe. Lamot prägte sich, so gut es in der Dunkelheit ging, die Stelle ein, wo er stand. Von damals wusste er, dass die Straße zu den Kasernengebäuden führte. Nach einigen hundert Metern merkte er, wie ihn das längere Laufen anstrengte. Im Berg hatten sie stets nur kurze Wege zurückgelegt. So ein wenig in Gedanken versunken näherte er sich den ersten Gebäuden.

Das plötzliche »Stoi! « dröhnte in seinen Ohren.

Den Bruchteil einer Sekunde stand er erstarrt da. Lauf so schnell du kannst, befahl ihn sein Instinkt. Sofort rannte er, Haken schlagend, zurück zur Straße, überquerte sie und erreichte den rettenden Wald. Die Schüsse, die der Posten ihm nachjagte, verfehlten ihr Ziel. Das dichte Unterholz verschluckte Lamot wie der Wal den Jonas.

Im Lager wurde es laut. Kommandos schwirr-
ten durch die Luft und Scheinwerfer tasteten
die Umgebung ab. Lamot hastete weiter den
Berg hinauf. Nach einer Weile wurden die Rufe
der Verfolger leiser, bis sie verstummten. Von
oben sah er, dass das Flutlicht verlöschte.
Glück gehabt. Der Wachposten wurde umgehend verhört, warum und auf wen er geschossen hätte. Dieser wiederholte mehrmals, die
Person müsse ein Geist gewesen sein. Er hätte
genau gezielt, aber das Gespenst löste sich in
Luft auf. Was blieb ihnen übrig, als berechtigte
Zweifel an dieser Darstellung zu äußern. Die
Kontrolle auf Alkoholgenuss verlief negativ.
Nach diesem und dem vorhergehenden Vorfall
wurden die Wachen verdoppelt.

Enttäuscht über den Ausgang seiner ersten Erkundung blieb er eine Weile liegen, ehe er sich
wieder auf die Straße wagte und zurück zur
Höhle fand. Die Suche nach der Stelle, wo es
zum Höhleneingang führte, dauerte länger, als
ihm lieb war. Mit zitternden Gliedern und
recht mühsam erklomm er den Stolleneingang
über die Strickleiter.

Einen Moment dachte er daran, wie die un-
menschliche Schufterei, die Schuttberge abzutragen, sie alle geschwächt hatte. Damals hätte

er es nie und nimmer gewagt, die Leiter hinabzusteigen und einen Fußmarsch zu wagen. Die
Zeit danach reichte aus, den Körper wieder zu
kräftigen.

Der nächste Gedanke beunruhigte ihn. Vielleicht hatte er in der Zwischenzeit die Leiter
entdeckt und lauerte im Berg auf ihn? Er redete
sich beruhigend ein, dass die Wahrscheinlich-
keit, dass gerade in dieser Nacht Barski zur
Höhle gekommen war, äußerst unwahrschein-
lich war.

Er zog die Leiter hoch und begab sich auf den
Rückweg. Durch das Wasser in der großen
Halle kniehoch durchnässt, ermüdet vom un-
gewohnten Laufen und hungrig warf er sich auf
das Feldbett und war Sekunden danach eingeschlafen. Die Pistole hatte er vorher unter sein
Kopfkissen geschoben.

Barski hatte die Schüsse in der Nacht vernommen. Er ahnte, dass sie vermutlich seinem Kameraden galten, und ein boshaftes Lachen ent-
rang sich dem Mund. Hoffentlich haben sie ihn
getroffen, wünschte er.

Barskis Geisteszustand war besorgniserregend. Zeitweise verlor er völlig die Verbindung zur Wirklichkeit. Er kannte dann weder seinen Namen, noch wo er sich befand. Wie ein gehetztes Tier trieb er sich oft in der Nacht auf dem Militärgelände oder in der Nähe der Dörfer herum, ohne zu wissen, was er dort wollte. Hörte er Menschen reden, flüchtete er umgehend zurück in den Wald und verbarg sich. So geschah es, dass er eines nachts tief und fest einschlief und erst am Morgen durch Stimmen in der Nähe geweckt wurde. Es waren zwei junge Frauen, die nach Pilzen suchten. Sie kamen immer dichter. Wie sollte er sich verhalten? Um nicht enttarnt zu werden, müsste ich beide töten, fuhr es ihm durch den wirren Kopf.

Doch in dem Moment, als er im Begriff war, den Gedanken in die Tat umsetzen, entdeckte eine der Frauen den in der Kuhle hockenden Mann und schrie gellend auf. Ihre Begleiterin stimmte ein, als sie Barski erblickte. Die Schreie gingen ihm durch und durch und er vergaß seine Vorhaben, sie zu töten, sprang, wie ein Hase aus der Sasse auf, und rannte davon.

Die beiden Frauen hatten ihre Körbe fallengelassen und waren, so schnell sie die Beine trugen, ins Dorf geflüchtet. Dort berichteten sie von der unheimlichen Begegnung.

Von dem einzigen Telefon, welches der Konsumbesitzer besaß, informierten sie die Polizei. Die Befragung brachte wenig Verwertbares. Sie beschrieben den Mann als groß, dunkel gekleidet und das blasse Gesicht durch den wuchernden Bart kaum erkennbar.

Eine der Frauen ergänzte, er hätte sie mit stechenden Augen angesehen. Letzteres meinten die Polizisten, entspränge wohl eher ihrer Fantasie.

Aufgrund dieser ersten, der Polizei bekanntgewordenen Sichtung, wagten weitere Dorfbewohner, von ähnlichen Begegnungen zu berichten. Einige waren sich sicher, dass er stets in Richtung des russischen Truppenübungsplatzes verschwand.

»Genosse, vielleicht sollten wir die Kollegen von der russischen Armee informieren«, schlug ein jüngerer Polizist vor. Der Angesprochene machte eine wegwerfende Handbewegung: »Das können Sie vergessen, Genosse. Wenn es auf deren Gelände Vorfälle dieser Art gibt, klären sie das selber. Wir haben uns rauszuhalten, egal, ob die Person auch von uns gesucht wird. Ich werde dafür sorgen, dass hier verstärkt Streifen fahren«. Er wandte sich an die Dorfbewohner, die sich versammelt hatten. »Hiermit fordere ich Sie auf, verstärkt wachsam zu sein und sofort zu melden, wenn es weitere Vorkommnisse gibt«.

Nach diesen Worten stiegen die Ordnungshüter wieder in ihr Fahrzeug und ließen die ratlos wirkenden Menschen zurück.

Sie ahnten nicht, dass sie früher als gedacht, wieder ins Dorf gerufen würden.

Barski hatte die übereilte Flucht in einen überreizten Nervenzustand versetzt.

Laut vor sich hinredend, nein mehr fluchend, lief er in der Höhle auf und ab. Er ärgerte sich im Nachhinein, vor zwei Frauen feige geflohen zu sein. Das sollte ihm nie wieder passieren. In Anbetracht des nahenden Winters musste er sich schnellstens warme Kleidung beschaffen.

Er nahm die Tokarew-Pistole des Wachpostens und ein langes Messer mit.

So ausgestattet lief er in der Nacht acht Kilometer bis in ein entfernteres Dorf. Dort hatte er vor einiger Zeit ein größeres Anwesen entdeckt und war der Meinung, hier warme Anziehsachen zu finden. Der Hof war auf Viehhaltung ausgerichtet. In dieser Nacht würden mehrere Kühe kalben.

Damit bei Problemen jemand zur Stelle war, hatten die Verantwortlichen einen Wachdienst eingerichtet. Heute Nacht würde alle zwei Stunden ein junger Mann im Stall nach dem Rechten sehen.

Barski hatte sich in den Nebengebäuden Zugang verschafft und nach Kleidung gesucht. Er grinste zufrieden, als er in einem Verschlag wattierte Jacken und Hosen der Armee fand. Genau das, was ich brauche, beglückwünschte er sich. Er rollte die Sachen zu einem Bündel und schlich über den Hof zur Rückseite der Gebäude. Im Moment, als er an der Stalltür vorbeihuschte, trat der junge Mann ins Freie, sah sich dem Fremden gegenüber und rief: »Hallo, wer sind Sie, was haben Sie hier zu suchen«!

Das waren seine letzten Worte. Blitzschnell legte Barski die Kleidung auf den Boden, zückte das Messer und warf sich mit einem tierischen Knurren auf den überraschten Mann. Mit einer Hand riss er ihm den Kopf nach hinten, während er mit der anderen Hand die Klinge durch dessen Kehle zog. Lautlos brach das Opfer zusammen. Er wischte das Messer an der Jacke des Toten ab, nahm das Bündel Kleider vom Boden auf und flüchtete auf der Rückseite des Hofes über die Felder. Barski war erneut zum Mörder geworden.

~ 22 ~

Eine Woche vorher.

Montag zum Dienstbeginn, Oberarzt Doktor Neumeier zog sich, gähnend und nicht ganz ausgeschlafen, umständlich den Kittel an, um mit seinem Assistenten die Visite zu beginnen, ließ ihn der durchdringende Ton der Alarmanlage zusammenfahren.

In diesem Moment stürzte Schwester Gerda in den Raum und hechelte, völlig außer Atem: »Der Patient aus 17 ist weg. Ich meine den Mermann, Herr Doktor«.

»Was heißt hier weg? «, erkundigte sich Neumeier hörbar nervös.

»Wir haben das erst heute Morgen entdeckt. Er muss wohl bereits in der Nacht geflüchtet sein«, erwiderte Schwester Gerda. »Soll ich die Polizei verständigen?«

»Nein, wir wollen erst selber unser Gelände absuchen, ehe wir die Pferde scheu machen«, bestimmte der Oberarzt.

Er wusste, schlussendlich würde er dafür geradestehen, dass so etwas geschehen war.

Wie aufgescheuchte Hühner rannten die Pfleger, Ärzte und Schwestern suchend und rufend durch das weitläufige Gelände der Nervenheilanstalt.

Gegen Mittag sah man ein, dass der an paranoider Schizophrenie leidende Patient Mermann entkommen war.

Zähneknirschend informierte Doktor Neumeier die Polizei.

Die Untersuchung ergab, dass Mermann die Mauerfugen am Fenster seines Raumes solange ausgekratzt hatte, bis die Stäbe des Gitters locker genug waren. Bei dem über einhundert Jahre altem Gemäuer war das nicht allzu schwer. Dann hatte es eines Nachts nur eines kräftigen Rucks bedurft und er war frei. Sein Zimmer lag im Erdgeschoss, sodass es ein Leichtes war, zu flüchten.

Zuerst wurde nach ihm gefahndet, ohne die Öffentlichkeit mit einzubeziehen. Nachdem der junge Mann auf dem Viehhof ermordet wurde, nahm man an, der Mord ginge auf das Konto des geflüchteten Psychopaten.

Nach dem Verbrechen startete die Polizei eine umfangreiche Suche nach dem aus der geschlossenen Nervenheilanstalt entflohenen Elternmörder namens Mermann. Von Dorfbewohnern auf den Unbekannten, der sich des Nachts in dieser Gegend seit längerer Zeit herumtrieb, angesprochen, winkten sie ab und meinten, die Suche nach dem Psychopathen sei vordringlich. Sie waren erleichtert, so schnell einen Verdächtigen zu haben, dessen Namen und Aussehen bekannt war. Die Fahndung lief sofort an, brachte aber wochenlang kein Ergebnis. Mermann blieb unauffindbar.

Nach dem Mord ging die Presse nur mit einem kleinen Artikel auf das Geschehen ein. In der neuen sozialistischen Gesellschaftsordnung sollten Verbrechen möglichst unauffällig abgehandelt werden.

Barski ahnte nicht, dass ein, wie auch gearteter, Schutzengel, ihm erneut eine Chance einräumte.

Die Suche konzentrierte sich ausschließlich auf den entwichenen Mermann.

~ 23 ~

Es wird Zeit, für einen neuen Plan, ging es Lamot durch den Kopf. Ich kann ja nicht mein
ganzes Leben hier als Berggeist zubringen.
Beim ersten Streifzug hatte er bemerkt, dass
der Herbst schon da war und alsbald der Winter seine Ausflüge unmöglich machen würde.
Lag erst einmal Schnee, könnte man seinen
Fußspuren bis zum Versteck folgen.

Er nahm sich vor, bei seinem nächsten nächtlichen Ausflug eine Zeitung zu besorgen, um sich
mit den momentanen politischen Gegebenhei-
ten vertraut zu machen. In der folgenden Nacht
schlich er im großen Bogen um die Kasernen
herum in das übernächste Dorf. Hier überlegte
er, wo die Chance, eine Zeitung zu finden, am
größten war. Ja, genau, an einer Bushaltestelle.
Wenn er Glück hatte, fände er eine Zeitung im
Papierkorb. Er hatte Glück. Im Abfallbehälter
steckten zwei Ausgaben der SED- Tageszeitung
‚Das Volk'.

Er freute sich und barg den Schatz unter der
Jacke. Auf dem Rückweg kam er am Gemüse-
garten eines Bauern vorbei. Etwas frisches Ge-
müse käme mir recht, dachte er und schaute
sich um. Kürbisse in allen Größen leuchteten
im fahlen Mondlicht. Dafür hatte er keine Ver-

wendung. Dann entdeckte er Grünkohlstauden. Besser als nichts, überlegte er, und riss zwei der Pflanzen aus dem Boden. Er beeilte sich sofort ein gutes Stück weiterzukommen. Erst dort kappte er die sandigen Wurzeln mit dem Messer.

Es war nach Mitternacht, als er wieder an seinem Bergversteck ankam. Durch die Grünkohlstauden etwas behindert, bahnte er sich den Weg durch die Büsche, die den Bergeinschnitt, gegen die Sicht von der Straße her, schützten. Ein Geräusch von der Anhöhe, wo sich der Höhleneingang befand, ließ ihn innehalten. Vorsichtig tastete er sich weiter durch das Gesträuch.

Verdammt, fuhr es ihm durch den Kopf. Genau dort, wo die selbstgebaute Leiter hing, erkannte er eine dunkel gekleidete Gestalt. Ein Russe wird kaum um diese Nachtzeit hier auf Erkundung ausgehen. Da war er sich sicher. Dann muss es Barski sein. Ehe er feststellen konnte, ob Barski die Strickleiter emporkletterte oder nicht, schoben sich Wolken vor den Mond. Er lauschte. Es klirrte und knirschte, ob sich jemand auf dem Geröll bewegte. Dann wieder Stille. Was blieb ihm übrig. Es hieß abwarten, wie sich die Sache weiter entwickelte. Er hockte sich auf einen Stein.

Womit hatte Barski gedroht, als er ihn neben dem erschlagenen Krawuttke sah:

»Ich bringe dich genauso um, wie den hier«? Da hieß es jetzt, doppelt aufzupassen.

Wie beim ersten Ausflug trug er die durchgeladene Pistole bei sich. Wehrlos bin ich nicht, aber der Knall eines Schusses könnte man bei den Kasernen hören und daran lag ihm nichts. Wieder rollten Steine den Hang hinunter. Aha, es ist Barski, jetzt wusste er es. Er hatte eine männliche Stimme fluchen gehört und ein unterdrücktes, heiseres Gelächter, das ihn einen Schauder über den Rücken jagte.

Wieder trat Stille ein. Vielleicht hat er es nicht geschafft, die hin- und herpendelnde Strickleiter zu erklimmen. Immerhin ist er einige Jahre älter als ich, überlegte Lamot.

Mit seiner Annahme lag er goldrichtig. Sein Gegner hatte mehrmals versucht, zur Höhlenöffnung hochzuklettern. Nach der Hälfte der Strecke verließen ihn jedes Mal die Kräfte, die Leiter verwünschend, gab er sein Vorhaben auf. Wütend und enttäuscht über sein Versagen war sein erster Gedanke, die Leiter so weit wie möglich, hoch oben abzuschneiden. Er besann sich und verschob es auf eine spätere Gelegenheit. Vielleicht schaffe ich es ein anderes Mal zurück in den Berg. Mit diesem Vorsatz

145

brach er wie ein wildes Tier durch die Büsche in Richtung Straße.

Lamot versteckte sich in einer Kuhle im Geröll und blieb wie erstarrt liegen, die Pistole schussbereit in der Hand. Nur wenige Meter von ihm entfernt, stürmte Barski, Unverständliches vor sich hin brabbelnd, an ihm vorbei. Erleichtert lag Lamot in seinem Versteck, bis er sich sicher sein konnte, er käme nicht noch einmal zurück.

Das lange Liegen in der Vertiefung und die kühlen Temperaturen hatten seine Muskeln steif werden lassen. Er streckte und reckte sich, damit das Blut wieder floss. An der Leiter angekommen, hoffte er inständig, dass er nicht wie Barski scheitern würde. Es gelang. Um nicht überrascht zu werden, zog er die Leiter hoch.

Nach dem längeren Rückweg durch die Stollen, Höhlen und dem Wasser, das merklich weniger geworden war, erreichte er sein Lager.

Der Grünkohl kann warten, beschloss er. Er kroch aus dem nassen Arbeitsanzug, kaute ein paar Hartzwiebackscheiben und fiel alsbald in einen tiefen Erschöpfungsschlaf.

24

Barski wurde immer unvorsichtiger. Es schien ihm unbändige Freude zu bereiten, abends in die Fenster der Häuser zu schauen und zu sehen, wie die Bewohner bei dem Anblick seines leichenblassen Gesichts, umrahmt vom wilden Haarwuchs, sich entsetzt die Augen zuhielten. Selbst die manches Mal hinter ihm hereilenden Männer konnten ihn davon nicht abhalten. Bisher gelang ihm stets die Flucht in den dichten Wald, wo ihn die Verfolger lieber nicht nachsetzten. Der Versuch, Hunde auf ihn zu hetzen, endete mit erschlagenen oder erstochenen Vierbeinern. Er trieb es so wüst, dass die Polizei sich gezwungen sah, der Sache endlich ernsthaft nachzugehen. Barski schaffte es, in einer Nacht an verschiedenen Orten aufzutauchen. Deshalb meinten die Leute, es wären mehrere Unbekannte, die ihr Unwesen trieben. Durch das Gerede in den Dörfern erfuhr die staatlich gelenkte Presse von den Vorkommnissen. Journalisten ließen sich die Geschichten von den Dörflern erzählen und ergänzten sie mit weiteren Ausschmückungen. Die Bezeichnung des Gesuchten als ,Der bleichen Schatten', wäre beinahe der Pressezensur zum Opfer gefallen.

Barskis Pechsträhne begann aus heiterem Himmel.

Der flüchtige Mermann lief nachts auf einer Landstraße vor einen Lastwagen. Der Gesuchte war auf der Stelle tot. Die Suche nach dem angeblichen Mörder des jungen Mannes vom Viehhof war vorbei. Die Kriminalpolizei schloss die Akten, in denen ein Mann namens Mermann als Täter genannt wurde. Jetzt machte sie sich mit ganzer Kraft auf die Suche nach dem mysteriösen Unbekannten, der sein Unwesen bei den Dörfern trieb.

An diesem Tag war es Barski leid, wie sonst immer, in tiefer Nacht durch die Gegend zu laufen. Er beschloss, am frühen Abend einen ausgedehnten Streifzug zu einem recht weit entfernt liegenden Dorf zu unternehmen. Anfangs gab er sich keine große Mühe, durch den Wald zu schleichen, da er annahm, dass um diese Uhrzeit und der alsbald hereinbrechenden Dunkelheit, sich kaum jemand hier herumtriebe. Er irrte sich.

Eine junge Frau hatte sich an diesem Abend entschlossen, Kienäpfel zu sammeln. Sie gedachte sie zu einer Feier einiger Freunde für den Grill mitzubringen. Sie wusste, dass das

Fleisch und die Bratwürste durch die Kienäpfel ein besonders aromatisches Aroma bekamen.

Zuerst nahm er ein Rascheln auf seiner linken Seite wahr. Er verharrte bewegungslos. War es ein Tier? Erneut das Geräusch. Es wiederholte sich im gleichen Zeitabstand. Er kroch ein paar Meter in diese Richtung. Stocksteif blieb er liegen, denn in unmittelbarer Nähe sah er eine Frau von der Rückseite, als sie sich bückte. Wie eine heiße Welle überflutete ihn das Gefühl, schon weißwielange keine Frau gehabt zu haben. Das Verlangen, sie zu besitzen war übermächtig. In diesem Moment hatte er nur eines im Sinn, und zwar, über sie herzufallen. Er spannte seine Muskeln zum Sprung an und sein Gesicht verzerrte sich vor Gier.

»Wir haben uns schon Sorgen gemacht«, rief eine helle, kräftige Männerstimme in dieser Sekunde.

Als hätte man in einen prall gefüllten Luftballon gestochen. So brach die Anspannung in Barski zusammen. Er stöhnte vor Enttäuschung laut auf. Vor Schreck schlug er die Hand vor den Mund und lauschte, ob sie es gehört hätten. Nein, Glück gehabt. Der Mann redete weiter.

»Martha meinte, ich soll mal nach dir sehen, weil du schon so lange fort bist.«

149

»Mach dir bitte keine Gedanken, ich bleibe ja in der Nähe von unserem Grundstück. Wenn du mir jetzt noch ein wenig hilfst, dann ist der Sack schneller voll«, antwortete die junge Frau und richtete sich auf.

Darauf er: »Du weißt doch, dass sich seit einiger Zeit ein Unbekannter hier herumtreibt. Die Polizei hat immer noch keine Spur, um wen es sich handelt. Zeig mal, wie viel du schon gesammelt hast.«

Er schaute in den Sack und lachte: »Damit können wir einige Grillfeste feiern, dafür reicht es allemal. Komm, wir machen jetzt Feierabend und ich helfe dir, den Sack zu tragen.«

»Danke. Mein Handwagen steht weiter rechts auf dem Waldweg. Na, dann lass uns nach Hause traben«.

Die Stimmen entfernten sich. Wie ausgelaugt blieb er eine Weile liegen. Die Lust, ins nächste Dorf zu laufen, war ihm gründlich vergangen. Auf dem Rückweg konnte er es immer noch nicht verwinden, sein Ziel nicht erreicht zu haben. Vor sich hinmurmelnd lief er in der Dunkelheit, ohne auf Deckung zu achten, in Richtung seiner Unterkunft.

Plötzlich blieb er stehen. Im Augenblick wusste er nicht mehr, warum er unterwegs war.

Sein Erlebnis mit der Frau hatte seinen Verstand zusätzlich verwirrt. Dann glaubte er, zu wissen, was er gewollt hatte. Er grinste zufrieden und war überzeugt, er müsse sich heute bei den russischen Kasernen eine Flasche Wodka holen. Er war so oft des Nachts durch das Kasernengelände geschlichen, dass er wusste, wo sich ein Versorgungsladen befand. Da, so war er sich sicher, werde ich mir den Seelentröster beschaffen. Er schlich um das barackenähnliche Gebäude herum und fand auf der Rückseite eine doppelflüglige Tür, die abgeschlossen war. Mit Hilfe des Messers und unter Aufbietung aller Kräfte, gelang es ihm sie zu öffnen. Vorsichtig bewegte er sich zum Lagerraum. Hier standen Kartons und Kisten gestapelt. Es hätte zu lange gedauert, nach Wodkaflaschen zu suchen. Deshalb beeilte er sich, in den Verkaufsraum zu kommen.

Das Gelände wurde durch Scheinwerfer erhellt. Etwas Licht fiel durch das vergitterte Fenster, sodass er sich orientieren konnte. Er fand, wonach ihm sein Sinn stand im Regal hinter dem Tresen. Er nahm sich eine Flasche, die mit einer wasserhellen Flüssigkeit gefüllt war.

Da er das Etikett nicht lesen konnte, hoffte er, es sei der gesuchte Wodka. Er griff nicht eine der in vorderster Reihe stehenden Flaschen, sondern eine dahinter. Er dachte, dass das Verschwinden dadurch erst später auffiele. Dann verharrte er und lauschte. Keine Stimmen waren zu hören. Er schlich zum Ausgang, nachdem er sich noch eine kleine Hartwurst eingesteckt hatte. Die Tür versuchte er, soweit es ging, so zuzudrücken, dass der Einbruch nicht bemerkt würde.

Mit seiner Beute unter der Jacke eilte er in seine Höhle, öffnete die Flasche und nahm einen nicht endenwollenden Zug. Der ungewohnt starke Alkoholgehalt ließ ihn nach Luft schnappen. Der erste Schluck wirkte nach kurzer Zeit.

Das tat gut und er setze erneut an.

Sich ein Stück der Hartwurst einzuverleiben erschien ihm verlockend, aber dazu kam es nicht mehr. Bereits stark benebelt, gelang es ihm gerade noch, die Flasche wieder zu verschließen.

Minuten später lag er langhingesteckt auf seinem Lager und schnarchte dem nächsten Tag entgegen.

25

Im trüben Schein der Petroleumfunzel las Lamot sorgfältig die Zeitungen.

Das war seine Chance etwas zu erfahren, was sich nach dem Krieg in Deutschland verändert hatte. Wenn sich auch die Berichte politisch einseitig darstellten, so erfuhr er über die Aufteilung des ehemaligen Reichs. Die Wortwahl erinnerte ihn stark an die der vergangenen Propaganda. Aha, dachte er, es ist genauso, wie ich es erhofft habe. Seine Heimat war von den westlichen Alliierten besetzt. Im Rheinland – Pfalz hatten die Amerikaner das Sagen.

Jetzt galt es einen Schlachtplan zu entwickeln, um ohne aufzufallen, sich bis dorthin durchzuschlagen. Mit seiner Drillichmontur und seinem wilden Aussehen, wäre er kaum einige Kilometer weit unerkannt gekommen.

Lamot war gezwungen, sich zivile Kleider zu beschaffen, sich die Haare zu schneiden und sich zu rasieren. Das wären die grundlegenden Voraussetzungen, um den Weg ins Rheinland zu wagen.

Diese Überlegungen wurden durch die Möglichkeit des Zusammentreffens mit Barski unterbrochen. Bis vor ein paar Tagen, als er am Höhleneingang so dicht an ihm vorbeihastete, hatte sie ihn also noch nicht erwischt. Wiederholt überlegte er, ob Fritz ihn bei einer Gefangennahme verriete. Dieses Sicherheitsrisiko schwebte stets über ihm.

Da er sich entschlossen hatte, vor Einbruch des Winters den Weg nach Hause zu riskieren, wäre es höchste Zeit, sich alles für sein Unterfangen zu besorgen.

In Anbetracht der nahenden Kälte, wagte Lamot einige Tage, später im Dorf-Konsum einzubrechen.

Er staunte über die recht nachlässige Sicherung der rückwärtigen Ladentür, die ihm wenig Mühe bereitete, einzudringen. Er tastete sich durch das hinter dem Verkaufsraum befindliche Lager. Ab und zu riss er ein Streichholz an, um sie zu orientieren. Jetzt, da die kalte Jahreszeit bevorstand, hatte die Konsumgenossenschaft dafür gesorgt, dass warme Winterkleidung, zwar in bescheidenem Umfang, in die Dörfer geliefert wurde. Mit einer Hose, die er sich kurz anhielt, um die Länge zu überprüfen, einer dicken Jacke und zwei warmen Hemden, war er im Begriff, das Lager verlassen, als er innehielt. Vielleicht fände ich ein Rasierzeug, überlegte er, legte die Kleidung griffbereit an die Hintertür und schlich in den Verkaufsraum. Hier reichte das gelbliche Licht der Straßenbeleuchtung, um sich zu orientieren. Auf einer braunroten Pappschachtel entdeckte er die Abbildung eines Rasierers. Glück gehabt, freute er sich und steckte den Fund ein. Etwas daneben lagen kleine Päckchen mit Ersatzklingen, von denen er sich zwei nahm. Seine Blicke wanderten über die Regale und er hoffte, eine Mütze oder wenigstens eine Strickmütze zu finden. Beides fand er nicht.

Er dachte in diesem Moment daran, selbst wenn es ihm gelänge, die Haare zu kürzen, so sähen sie doch recht ungepflegt aus, sie unter einer Kopfbedeckung zu verstecken.

Schlimmstenfalls muss ich den Kopf rasieren, ging es ihm durch den Sinn und er grinste, als er sich den Anblick vorstellte.

Für den Transport der Kleidung fand sich sogar eine Schnur. Gut verschnürt und äußert zufrieden mit dem Ergebnis seines Beutezuges, bewegte er sich, jede Deckung nutzend, auf dem kürzesten Weg heraus aus dem Ort. Fast hätte er ein fröhliches Lied gepfiffen, überlegte es sich aber und lief schweigend und eilig zu seiner Unterkunft.

Er quälte sich durch die Büsche des Taleinschnitts und kletterte, sich immer mit einer

Hand auf den Felsen abstützend, hin und wieder abrutschend, den Hang zum Höhleneingang empor.

Die Nacht war so stockdunkel, dass er nur ungefähr wusste, wo sich die Strickleiter befand.

Er legte das Kleiderbündel auf den Boden und suchte mit beiden Händen die Felswand nach den Seilen der Leiter ab. Seine Finger tasteten vergeblich an der Wand entlang. Die Leiter war weg. Das kann doch nicht sein, schoss es ihm durch den Kopf und in derselben Sekunde schlugen die Alarmglocken an. Das kann nur Barski gewesen sein. Eine heiße Welle von Wut und Unruhe flutete durch seinen Körper.

War er in der Nähe? Stürzte er sich, aus der Dunkelheit kommend, auf ihn?

Er riss die Pistole aus der Tasche und lauschte. Nur das leide Rascheln der dürren Blätter, durch die der erste Herbstwind strich, war zu hören.

Jetzt ist genau das eingetreten, was er befürchtet hatte. Ihm blieb nichts anderes übrig, als bis zum Hellwerden zu warten und dann mühselig Stein für Stein aufeinanderzuschichten, bis er den Höhleneingang erreichte.

Er setzte sich in eine windgeschützte Ecke, lehnte sich an die Felswand, schnürte das Bündel auf und deckte sich mit der erbeuteten Kleidung leidlich zu. Er nahm sich vor, nicht einzuschlafen. Kehrte Barski zurück, so wollte er nicht von ihm schlafend überrascht werden.

Stunde um Stunde verging. Die Nachtkühle ließ ihn zittern und steif werden. Er kauerte sich klein zusammen, um so wenig wie möglich, Wärme zu verlieren.

Ein Geräusch schreckte ihn hoch. Verdammt, ich war doch eingeschlafen, stellte er fest.

Er tastete nach der Pistole und lauschte. Das erste Grau des kommenden Tages erhellte schwach die Umgebung. Beinahe hätte er erleichtert aufgelacht. Zwei Rehe standen nur ein paar Meter entfernt und schauten zu ihm herüber. Der Anblick Barskis wäre ihm weniger willkommen.

Steifbeinig tappte er, die Kleidung versteckt zurücklassend, zum Höhleneingang.

Beruhigt stieß er die Luft aus. Die Strickleiter war nicht komplett verschwunden. Barski hatte sie, soweit er sie erreichte, abgeschnitten.

Das vereinfachte ihm die anstehende Arbeit. Er musste weniger Steine aufschichten, um das

Ende der Leiter zu erreichen. Nicht alle Steine lagen in der richtigen Größe und Form in der Nähe. Einige musste er von weiter entfernt heranschleppen. Er verlor keine Zeit und schuftete etwa zwei Stunden, ehe er das Ende der Strickleiter zu fassen bekam. Zwischendurch hielt er inne und lauschte. Vielleicht käme Barski zurück, wer weiß, ging es ihm durch den Kopf.

Er holte das Kleiderbündel, hing es sich an seinen linken Arm und fasste nach dem Ende der Strickleiter. So sehr er sich anstrengte, er schaffte es nicht, sich Sprosse um Sprosse nach oben zu ziehen. Das schwere Steineschleppen hatte seine Kräfte geschwächt. Er fluchte vor sich hin, was auch nicht half. Es blieb ihm nichts anderes übrig, als sich wieder in seine Felsnische zu begeben, um sich dort lang hingesteckt, zu erholen. Die schwache Herbstsonne brachte kaum Wärme, aber das Licht regte wenigstens die Lebensgeister an.

So lag er bis gegen die Mittagszeit da. Dann stellte sich schlagartig der Hunger ein.

Wenn ich es im nächsten Anlauf nicht schaffe, zu meinem Lager zu gelangen, so ist alles verloren. Er raffte sich auf, versteckte die Kleidung erneut, die ihn beim Klettern belasten würde und griff nach dem Ende der Leiter. Der Gedanke, jetzt zu versagen, erschreckte ihn dermaßen, dass er die letzten Kraftreserven freimachte und sich mit zusammengebissenen Zähnen, Sprosse um Sprosse nach oben zog. Am Höhleneingang angekommen, schaffte er es gerade noch, sich ein Stück hineinzuziehen. Dann lag er völlig atemlos, mit rasselnder Lunge auf dem Felsboden. Alles drehte sich vor seinen Augen. Kaum wieder zu Luft gekommen zog er den Rest der Strickleiter nach oben. Nur so konnte er sich sicher sein, nicht von seinem Feind überrascht zu werden.

Die Gemeinheit mit der abgeschnittenen Leiter, wirst du mir büßen Fritz. Das war sein nächster Gedanke.

Der anschließende Weg zurück zu seinem Lager durch die Stollen und Hallen, schien nicht zu enden. Völlig ausgepumpt und am Ende seiner Kräfte, schaffte er es etwas zu essen, um danach in einem tiefen, traumlosen Schlaf zu fallen.

26

Einen Tag später blieb ihm nichts anderes übrig, als erneut den beschwerlichen Weg bis zum Höhlenausgang zu unternehmen. Im Stillen hoffte er, dass er nicht Barski begegnete oder dass Barski die Sachen gefunden hätte. Er wartete nicht bis zur Dunkelheit, sondern machte sich sofort am Morgen auf. Zuerst spähte er eine Weile aus der Öffnung. Nein, sein Gegner schien nicht in der Nähe zu sein. Er ließ das Ende der Leiter nach unten fallen und kletterte vorsichtig bis zum Boden. Die Kleidung war noch unter den Steinen vorhanden. Die nächtliche Ruhepause hatte ihm neue Kraft verliehen. Wieder hing er sich das Bündel an den linken Arm und zog sich Sprosse um Sprosse hoch. Abgekämpft lag er im Höhleneingang. Die Strickleiter wurde nach oben gezogen und Lamot lief den Weg zurück, wobei er durch das nur noch knöchelhohe Wasser patschte.

Zuerst zog er die nassen Schuhe aus und legte sich für eine halbe Stunde hin.

Nachdem er Kaffee gekocht hatte, packte er die Beute aus.

Nach der Erholungspause hielt er es nicht mehr aus und zog sich um. Gerne hätte er in einen Spiegel sein Aussehen überprüft. So aber sah er an sich herunter und fand, die Hose dürfte etwas länger über die klobigen Arbeitsschuhe fallen. Er beruhigte sich mit dem Gedanken, er würde so kurz nach dem Krieg nicht auffallen.

Allein die Prozedur, den Bart soweit zu kürzen, dass er sich rasieren konnte, dauerte den ganzen Nachmittag. Mit etwas Wasser und den Händen bemühte er sich, aus der Kernseife einen cremigen Rasierschaum zu erzeugen. Was ihm nicht zufriedenstellend gelang.

Er weichte die unregelmäßig geschnittenen Haarstoppel, so gut es möglich war, lange ein, ehe er sich zu den ersten Rasierversuchen entschloss. Nur zentimeterweise schaffte er es, sie zu entfernen. Oft musste er mehrmals über dieselbe Stelle fahren, ehe sie sich glatt anfühlte. Die Haut, der täglichen Rasur entwöhnt, brannte wie Feuer. Er schabte und schabte. Jeden kleinen Schnitt in die Haut quittierte er mit einem Fluch. Mit kaltem Wasser betupfte er die blutenden Stellen. Erst gegen Mittag meinte er, es sei genug. Seine Wangen und besonders der Hals unter dem Kinn schienen in Flammen zu stehen. Wie mag ich wohl aussehen überlegte er und vermisste wieder einen Spiegel.

Nach einem schnellen, mageren Essen legte er sich für eine Stunde auf sein Lager.

Soll ich, oder soll ich nicht? Diese Frage stellte er sich und meinte damit, ob er sich um den Haarwuchs kümmern sollte. Er entschied sich, es zu wagen. Er schnitt und schnippelte mit unterschiedlichem Erfolg. Erstens waren die Scheren aus den Verbandskästen nicht die Schärfsten und zweitens fühlte er nur, wie weit er die Haare gekürzt hatte. Besonders am Hinterkopf spürten seine tastenden Finger mehrere kahle Stellen. Hier hatte er die Haare bis auf die Haut abgeschnitten. Motten hätte es genauso hinbekommen, grinste er und beschloss, es genug sein zu lassen.

Jetzt hieß es, den Weg in die Heimat zu planen. Welche Route sollte er nehmen, was müsste er unbedingt mitnehmen und was wäre, wenn er Barski in letzter Sekunde träfe?

Letzteres bedürfe einer endgültigen Entscheidung.

Nachdem er seinen Plan mehrmals gründlich durchgegangen war, fiel ihm ein, dass er mit ungewöhnlichem Gepäck auffiele. Ein Rucksack käme ihn recht, aber es gab keinen im Depot. Erst hatte er daran gedacht eine Decke zusammengerollt für die Nächte im Wald mitzunehmen. Das fiele auf, also verzichtete er darauf. Er entsann sich der Aktentasche von

Barski, in denen sich die Zeichnungen der Stollen und Hallen befunden hatten. Das wäre ein alltäglicher Gegenstand überlegte er. Viel war darin nicht unterzubringen. Deshalb musste der Inhalt sorgfältig überdacht sein. Die einst so wichtigen Baupläne mit dem Vermerk „Geheim" hatte Barski verbrannt. Nach längerem Überlegen packte er die restlichen Scho-ka-kola- Büchsen ein, dazu Hartzwieback, zwei Dosen Schmalzfleisch, das Rasierzeug mit Seife, eine Schere, etwas Verbandszeug und einige Röhrchen Pervitin. Letzteres für den Fall, dass ihn seine Kräfte in Stich ließen.

Beinahe hätte er seinen Wehrpass und das Soldbuch vergessen. Diese wichtigen Dokumente und die Tagebuchaufzeichnungen hatte er vorher mehrfach in Ölpapier fest eingewickelt. Es könnte ja sein, dass man gezwungen war, durch Wasser zu schwimmen. Das alles verstaute er im Geheimfach der Aktentasche. Einen kleinen Schreibblock und zwei Bleistiften steckte er in die Vordertaschen. Er war im Begriff die Tasche zu schließen, als ihm einfiel, die Erkennungsmarken von seinen Kameraden Ullmann und Aumüller mitzunehmen. Das bewies ihr Ableben den Familien gegenüber. Die Marke von Krawuttke konnte er nicht mitnehmen, da sie Barski zusammen mit der Leiche verscharrt hatte. Er hatte versucht die Stelle zu finden, wo Krawuttke begraben wurde. Fand jedoch den toten Kameraden nicht.

Nach den Vorbereitungen setzte er sich an die zwei zusammengeschobenen Proviantkisten, die ihnen als Tisch gedient hatten.

Jetzt, nachdem er sich entschlossen hatte, den gefahrvollen Weg in die Heimat anzutreten, überfielen ihn schlagartig die Erinnerungen an die mit den Kameraden durchlittene Zeit. Hoffnungsvoll hatten sie geglaubt, in Stunden oder in ein paar Tagen gefunden zu werden. Vergeblich. Mit pragmatischem Mut, hatten sie angefangen, das Schicksal in die eigenen Hände zu nehmen und begonnen, sich frei zu graben. Vergebens.

Was wäre anders gekommen, hätten sie kein Pervitin gefunden?

Alles nur Spekulation. Darauf gab es keine Antwort.

Im Nachhinein schauderte es Lamot, als er sich daran erinnerte, wie erschreckende Wesenszüge bei den Kameraden unter der immer stärker werdenden Einsicht, nie wieder die Sonne zu sehen, zu Tage traten.

In diesem Moment nahm er sich vor, sollte er sein Ziel erreichen, die Familien der Kameraden zu besuchen. Auch die Barskis.

Sein Plan bestand darin, sich nachts oder am späten Abend, wenn das Licht der Herbsttage in die Dunkelheit überging, abseits der großen Straßen, möglichst auf Wald -und Feldwegen, nach Westen durchzuschlagen. Käme er in die Nähe eines Ortes, so würde er versuchen, dessen Namen herauszufinden. Das gäbe ihm somit stets seinen augenblicklichen Standort an.

Seinen Kopf zwischen den Händen auf dem Tisch aufgestützt, saß er lange Zeit unbeweglich da.

Die Entscheidung, die er vorher getroffen hatte, stand unmittelbar vor der Ausführung.

Morgen stürzte er sich in ein Abenteuer, dessen Ausgang völlig im Ungewissen lag.

Allein die Tatsache, dass der Winter drohte und Schnee sein Vorhaben behindern, wenn nicht gar unmöglich machte könnte, trieb ihn dazu, aufzubrechen.

Die Vorbereitungen hatten ihn ermüdet und er beschloss, sich sofort zur Ruhe zu begeben. Der nächste Tag beanspruchte sicher alle seine Kräfte.

Er schlief unruhig. Im Traum begegneten ihm seine Kameraden. Barski schrie ihn an und Krawuttke rief um Hilfe.

Irgendwann wachte er auf, recht wenig durch den Schlaf gestärkt, und hoffte, dass jetzt draußen der Tag anbräche. Die Zeit bis zum frühen Abend verbrachte er damit, mehrmals seinen Plan nach Schwachstellen zu überprüfen. Er fand keine.

Bevor er den Ort verließ, notierte er auf einem der kleinen Heftseiten ihre Namen und die Zeit, in der sie hier waren. Die Stelle der Gräber von Ullmann und Aumann versuchte er, so gut er konnte, zu beschreiben. Zu Krawuttkes Grab gab es keine Angaben. Das Blatt Papier legte er auf eine der Kisten und beschwerte es mit einer Blechtasse. Diese Nachricht war für die nach ihm in die Höhle Kommenden gedacht.

Dann war es soweit.

Mit einem Abschied nehmenden Blick sah er sich um und bedauerte, seine Kameraden nicht mitnehmen zu können.

Mit der Petroleumlampe in einer Hand und der Aktentasche in der anderen, begab er sich auf den Weg durch die Stollengänge und Hallen. Das Wasser in der großen Halle war fast gänzlich versickert, sodass kein Wasser in seine Schuhe eindrang. Er lächelte und betrachtete das als ein gutes Omen für sein Vorhaben.

Lamot kroch, die Tasche vor sich herschiebend, durch den Stollen, der zum Höhlenausgang führte. Er hatte sich nicht verschätzt, die Sonne war fast am Untergehen und die Dämmerung setzte ein. Er hockte in der Öffnung und blickte nach unten. Nach kurzem Überlegen warf er die schwere Aktentasche, soweit er konnte, nach links, wo Büsche standen. Dadurch hoffte er, den Sturz abzumildern. Dann kletterte er die Strickleiter hinunter, suchte sich die Tasche, die unbeschädigt schien und setzte sich schwer atmend auf die Steine unterhalb der Höhle.

Sollte er die Leiter so hoch wie möglich abschneiden? Nein, entschloss er sich. Früher oder später würde der Eingang sowieso entdeckt und dann käme es darauf nicht mehr an. Vielleicht schafft es sogar Fritz, hochzuklettern, lächelte Lamot und gönnte in diesem Moment dem Kameraden die Reste aus dem Depot.

27

Ein schnell verglimmender rötlicher Schein über dem Wald, wies die Richtung nach Westen. »Es wird Zeit«, murmelte Lamot und erhob sich.

Seit Monaten in dieser Gegend stationiert, kannte er sich aus. Der Weg nach Westen wäre ein Leichtes, gäbe es nicht die Unwägbarkeit, russischen Soldaten auf ihrem Truppen-übungs-gebiet, zu begegnen.

Die Aktentasche wäre für einen längeren Fußmarsch beschwerlich in einer Hand zu tragen. Mit einer stabilen Schnur schräg über die Schultern, trug er sie fast wie eine Umhängetasche auf seiner rechten Körperseite. Mit dem Ellenbogen hielt er sie in dieser Position fest, damit sie ihm nicht nach vorne vor den Bauch rutschte.

Nach einigen Schritten Richtung Heimat, geschahen zwei Dinge zur gleichen Zeit.

»He, wenn ich mich nicht irre, bist du es Lamot. Machst dich aus dem Staub, ja? Lässt mich allein zurück, du Kameradenschwein!«

Die heisere Stimme Barskis lähmte ihn für Sekunden. Wie erstarrt blieb er stehen und drehte sich nach dem Sprecher um.

Schwach von den letzten Sonnenstrahlen angestrahlt, stand Fritz, wie das drohende Unheil,
hinter ihm. Durch die wilde Mähne, dem Bart
und seinen fast zwei Metern, sah er riesengroß,
wie ein Berggeist aus. Mit Entsetzen erblickte
er die Pistole in Barskis Hand.

Es war zu spät, nach der eigenen Waffe zu greifen. So verrückt, wie er den Kameraden zuletzt
erlebt hatte, zweifelte Lamot nicht daran, dass
er abdrücken würde.

In dieser nervlich angespannten Situation
hatte er nur unbewusst ein Motorengeräusch
wahrgenommen.

Der Wagen der Patrouille schoss um die Kurve,
direkt auf die beiden zu. Der Fahrer stoppte
und der Beifahrer sprang aus dem Fahrzeug,
die Maschinenpistole schussbereit im An-
schlag.

Das »Stoi!« drang unmissverständlich in ihre
Ohren.

Lamot stand zwischen den Fronten. Vor sich
Barski und auf der anderen Seite die russischen
Soldaten. Instinktiv hielt er sich die Aktenta-
sche als Schutz vor die Brust.

Die zwei Schüsse peitschten knapp an Lamot vorbei und trafen den Beifahrer in den Oberkörper. Barski hatte genau gezielt. Der Soldat sackte daraufhin neben dem Wagen zusammen. In aller Eile versuchte der Fahrer den Geländewagen GAZ-67 zu wenden. Als er quer zur Straße stand eröffnetem Barski sofort das Feuer und erfasste den Mann. Alles vollzog sich blitzschnell. Der nächste Schuss galt Lamot. Ein Schlag traf die Aktentasche. Lamot warf sich sofort zu Boden. Rechtzeitig, wie er feststellte, denn die Feuergarbe aus der Maschinenpistole des Fahrers fegte Barski fast von den Beinen. Der brach in die Knie und kippte lautlos, die Waffe fest umklammernd, vornüber. Der junge Fahrer hatte es trotz der Verwundung noch geschafft, kurz zu stoppen und auf den Gegner zu feuern.

Dann trat Stille ein. Totenstille, denn Barski hatte den zweiten Rotarmisten ebenfalls tödliche Verletzungen beigebracht. Mit dem Oberkörper hing er aus dem Wagen, während sich seine Beine noch darin befanden.

Lamots Schockstarre währte nur Sekunden. Kurz sah er zu dem hingestreckten Kameraden hin, empfand aber in diesem Moment nicht eine Sekunde lang Mitgefühl für ihn.

Die Schüsse waren weithin zu hören und sicher tauchten in den nächsten Minuten russische Soldaten auf.

Nichts wie weg schoss es ihm durch den Kopf.

Er raffte sich vom Boden auf, rückte die Tasche zurecht und stürmte die Straße ein gutes Stück weiter, ehe er es vorzog, den Weg parallel zur Fahrbahn im Wald fortzusetzen.

Er hatte gut daran getan. Zwei Militärfahrzeuge kamen mit hohem Tempo die Straße entlang.

Dann verstummte das Geräusch der Motoren. Sie hatten den Tatort erreicht.

Durch seine nächtlichen Ausflüge wusste Lamot, wo sich die Grenze des Truppenübungsplatzes befand. Kurz dahinter käme das Dorf, wo er sich die Zeitungen besorgt hatte.

Er erreichte den Ort, umging ihn in einem weiten Bogen und lief danach auf der Straße weiter, weil das kräftesparender war, als im Wald zu laufen.

Die Lichter vor ihm verrieten, dass er sich dem nächsten Dorf näherte.

Müdigkeit und die ersten Anzeichen einer körperlichen Erschöpfung bewogen ihn, sich nach einem Platz für die Nacht umzusehen. In der Dunkelheit stellte sich das als schwierig heraus. Sobald der Mond nur einige Minuten wolkenfrei sein fahles Licht über die Landschaft ergoss, orientierte er sich. So entdeckte er am Rande eines abgeernteten Feldes eine kleine Holzhütte, in die man Heu auf Holzgestellen zum Trocknen aufgeschichtet hatte. Er zerrte einige Bündel Heu herunter auf den Boden, legte sich auf das weiche Heubett und deckte sich mit Heu zu. Er überdachte seinen Weg bis hierher und war zufrieden mit dem bisherigen Verlauf seiner Flucht. Erst jetzt erinnerte er sich an den Einschlag des Geschosses, das die Aktentasche traf. Augenblicklich war es zu dunkel, aber morgen muss ich nachsehen, was der Treffer angerichtet hat, überlegte er. Nachdem er einige Hartzwiebäcke geknabbert hatte, lag er nur Minuten später, im Tiefschlaf.

28

Am Tatort trafen weitere Wagen ein. Darunter dunkle Limousinen, die man vom Hauptquartier hierher beorderte. Das Gebiet wurde weiträumig abgesperrt. Nachdem ein Arzt den Tod der Männer festgestellt hatte, blieben sie so liegen, wie sie der Tod ereilte. Spezialisten versuchten, den Hergang der Tragödie zu rekonstruieren. Zwei Polit-Offiziere aus der Zentrale beobachteten das Treiben mit scharfen Blicken. Einige der Umstehenden gehörten der Geheimpolizei GPU an. Nach mehreren Stunden wurde der Tatort freigegeben, Barskis Leiche auf die Ladefläche eines Lastwagens geworfen, zuerst zur Kaserne transportiert und nach einigen Diskussionen, wie die beiden anderen Opfer, in einen Kühlraum des Militärkrankenhauses gebracht.

Noch auf der Straße hatte der Militärarzt den Oberkörper Barskis entkleidet und auf der Innenseite des linken Oberarmes die Blutgruppentätowierung entdeckt. Die Erkennungsmarke wies den Mann als Angehörigen der Organisation Todt aus. Da er seinen Wehrpass bei sich trug, war die Identifizierung kein Problem.

Man war sich daraufhin sicher, dass die nächtlichen Einbrüche und Überfälle auf das Konto des getöteten SS-Mannes gingen. Allgemeines

Aufatmen bei den Dorfbewohnern, die etwas später informiert wurden.

Umgehend verständigte man die Polizei und nach einigem Hin und Her wurde die Leiche Barskis den deutschen Behörden übergeben. Nachdem alle Fakten überprüft waren, begrub man den Sturmbannführer still und klammheimlich, an der Mauer des kleinen Dorffriedhofs.

~ 29 ~

Am frühen Morgen, die Sonne quälte sich durch eine dicke Wolkenschicht, weckten Lamot hechelnde Laute neben seinem Kopf auf. Schlaftrunken richtete er sich auf. Beide erschraken und der kleine Hund suchte bellend das Weite. Die Stimme eines Mannes rief nach ihm und er hörte ihn schimpfen, dass er nicht jeder Katze und jedem Kaninchen hinterherjagen solle.

Ein Glück, dass der Hund nicht kläffend bei ihm geblieben war und sein Herrchen ihn gesucht hätte.

Lamot schielte zum Himmel und hoffte, es möge regnen. Dann wäre die Gefahr, dass Bauern auf die Felder kämen geringer und er bliebe unentdeckt. Jetzt galt es, den Tag in der Hütte zu überstehen. Ach ja, ich wollte nach dem Schaden sehen, den das Geschoss angerichtet hatte, fiel ihm ein und er schaute in die Aktentasche. Das kleine Loch im Leder der rechten Außentasche hatte er zuerst entdeckt. Er fasste hinein und zog die beiden, mit tiefen Dellen versehenen Erkennungsmarken hervor. Dicht dahinter im Hauptfach, griff er in etwas Fettiges. Das Geschoss war von den Erkennungsmarken abgeprallt und hatte die Dose mit Schmalzfleisch durchschlagen. Nicht ganz, denn später fand er die Reste der Munition im Schmalzfleisch. Die Blechmarken und die Konservendose hatten, so gesehen, sein Leben gerettet. Lamot freute sich, dass seine Notizblätter im Geheimfach heilgeblieben waren.

Durst stellte sich als erstes ein. Daran war der Hartzwieback schuld. Die Feldflasche, die er randvoll mitgenommen hatte, gab keinen Tropfen mehr her. Als hätte jemand seinen Wunsch vernommen, begann es erst sachte und dann immer stärker zu regnen. Menschen kämen heute sicher nicht vorbei, notierte er zufrieden. Er lag da und lauschte dem Trommeln der Regentropfen auf dem Hüttendach.

Etwas plätscherte lauter als das Regengeräusch. Er drehte den Kopf in diese Richtung und hätte beinahe vor Freude aufgejauchzt.

175

Eine primitive Regenrinne aus Holz leitete das Wasser vom Dach in die Wiese ab. Er sprang auf, hielt die Feldflasche unter den Wasserstrahl und als sie voll war, drehte er den Kopf, um direkt den Strahl zu trinken.

Der Tag verging zähflüssig, wie tropfender Honig vom Löffel.

Bei Einbruch der Nacht raffte er sich auf, wohlwissend, dass der Weg bis nach Weinheim ein sehr langer war. Er kam zügig voran. Nur die zunehmende Kälte in der Nacht ließ ihn kaum zum Schlafen kommen.

Er ärgerte sich maßlos, im Konsum, wo er sich Jacke und Hose mitgenommen hatte, nicht nach einem Mantel gesehen zu haben. Abgesehen vom wärmeren Übernachten durch ihn, fiele er bald auf, träfe man ihn bei den winterlichen Temperaturen ohne Mantel an.

Auf seinem weiteren Weg kam er an einem Feld vorbei, auf dem noch eine Vogelscheuche die fressgierigen Vögel im Sommer abgehalten hatte. Die Scheuche trug einen Mantel und einen breitkrempigen Hut. Es war bereits dämmrig, aber als er hoffnungsvoll das Kleidungsstück näher betrachtete, schalt er sich einen Narren. Wer würde einer Vogelscheuche einen noch brauchbaren Mantel verpassen, vom zerfledderten Hut ganz zu schweigen.

So lief er Tag für Tag nach Südwesten, seinem Ziel entgegen. Jeden Morgen blendete die Sonne seine Augen. Nach der langen Zeit in der Finsternis schien sie ihm heller zu scheinen als früher. Noch heller als er sie zum letzten Mal gesehen hatte, bevor er in die Dunkelheit des Berges abkommandiert wurde. Auf der Flucht wurde sie zu seiner Feindin, weil sie ihn zwang, sich besonders sicher zu verstecken. Die derben Arbeitsschuhe hatten seinen Füßen arg zugesetzt. Für tagelange Märsche waren sie weniger geeignet. Sie scheuerten und Blasen verstärkten die Schmerzen beim Laufen. Gerne hätte er eine längere Pause eingelegt, so aber biss er die Zähne zusammen, um nicht einen Tag zu verlieren. Längst waren seine mageren Vorräte aufgebraucht und es blieb ihm nichts anderes übrig, als auf Bauernhöfen in die Nebengebäude einzusteigen und nach etwas Essbaren zu suchen. Oft suchte er vergebens und alsbald merkte der Körper die fehlende Nahrung. Um nicht aufzugeben, war er gezwungen, das größere Wagnis einzugehen und in Bäckereien und Fleischereien einzubrechen. In Anbetracht seiner Lage verhielt sich sein schlechtes Gewissen erstaunlich still.

Hierzu bedurfte es vorher ein längeres Auskundschaften der Objekte. Bei den Beobachtungen achtete er weiterhin darauf, ob er sich noch in einem von Russen besetzten Gebiet bewegte. Solange er russische Fahrzeuge oder marschierende Kolonnen sah, musste er besonders wachsam sein. Insgeheim hoffte er, bald in einem Ort mit Soldaten und Fahrzeugen der westlichen Alliierten anzukommen,

In dieser Nacht hatte er es auf einen Konsumladen abgesehen. Sie war so rabenschwarz und mondlos, dass er zögerte, den Gedanken in die Tat umzusetzen. Der Hunger nahm ihm die Entscheidung ab. Mit äußerster Vorsicht, das trübe Licht der spärlichen Straßenbeleuchtung ausnutzend, pirschte er sich zur Rückseite des Ladens.

Das »Hallo, Sie da, stehenbleiben«, fuhr wie ein Stromschlag durch den Körper. Der helle Strahl einer Taschenlampe stach in seine Augen. Instinktiv hob Lamot die Hände. Er war geblendet, sodass er den Fragenden nicht sah.

»Aha, haben wir dich endlich«, erklang es zum zweiten Mal.

Der Lichtstrahl tastete Lamot von Kopf bis Fuß ab.

»Sie können die Hände wieder herunternehmen«, gestattete die männliche Stimme.

»Ich habe Sie hier vorher noch nie gesehen. Vor wem laufen Sie weg? Ist die Polizei hinter Ihnen her?«

Dann tauchte ein Mann aus der Dunkelheit auf, sodass er ihn schemenhaft im Licht der Straßenbeleuchtung erkennen konnte.

Blitzschnell überlegte Lamot, wie er aus dieser Situation herauskäme. Hier half nur eine einigermaßen glaubhafte Geschichte.

»Mich haben die Russen fasst erwischt, als ich mich aus den Ostgebieten nach dem Westen aufmachte«, gab er zur Antwort. »Wenn ich festgenommen werde, wird man mich an sie ausliefern und ich sehe mich schon Eisenbahnschienen in Sibirien verlegen«, setzte er hinzu.

»Waren Sie Soldat? «, kam die Frage aus der Dunkelheit?«.

»Ja«.

»Bei welchem Haufen waren Sie?«

Lamot stutzte bei dem allgemein unter Soldaten gebrauchtem Wort ‚Haufen' für die Einheit, bei der man gedient hatte, um wahrheitsgemäß zu erwidern: »Bei der Organisation Todt«.

Einen Moment herrschte Schweigen, dann hörte Lamot: »Na, dann komm mal mit Kamerad«.

Er traute seinen Ohren nicht. Hatte er Kamerad gesagt?

Der Fremde packte ihn am Ärmel und zog ihn hinter sich her, immer dem Licht der Straßenbeleuchtung ausweichend, bis zu einem kleinen, halb verfallenen Bauernhaus. Auf dem Weg dorthin bemerkte er, wie schwer dem Mann das Laufen fiel. Er vermutete, sein linkes Bein könnte eine Prothese sein.

Sein Begleiter, der etwa die Größe von Barski hatte, schloss die Tür auf und bat ihn, einzutreten. Er drehte sich um und stellte sich vor:

»Gestatten Oberscharführer Schulz«.

»Gestatten Sturmmann Lamot«, antwortete Lamot und deutete ein Hackenzusammenschlagen an.

Ein befreiendes Lachen auf beiden Seiten war die Antwort.

Schulz bat, ihn in die Küche zu begleiten, und setzte Wasser für einen Tee auf.

Er schnitt einige dicke Scheiben Brot ab, bestrich sie mit Margarine und belegte sie mit Wurstscheiben.

»Zuerst essen, dann erzählen«, befahl er lächelnd.

Während Lamot kaute, betrachtete er unauffällig seinen Gastgeber. Er war etwa so alt, wie Barski es war, schätzte er. Erst jetzt bemerkte er die große, von der Stirn bis zur Kinnlade verlaufende weißliche Narbe auf der linken Gesichtshälfte. Sicher ein weiteres Zeichen seines Fronteinsatzes.

Nachdem er gegessen und eine Tasse Tee getrunken hatte, musste er bei seiner ersten Aussage bleiben und erfand eine anrührende Geschichte von einer Flucht in den letzten Kriegstagen aus den Ostgebieten bis nach Thüringen. Schulz wunderte sich zwar, warum er, solange nicht gefasst wurde, aber Lamot zerstreute die aufkommenden Bedenken damit, dass er lange Zeit unerkannt auf verschiedenen Bauernhöfen, nur gegen Kost und Logis, gearbeitet hätte.

Daraufhin erzählte Schulz vom harten Schicksal in einem russischen Gefangenlager und seinem Glück aufgrund seiner schweren Verletzung, nicht nach Russland abtransportiert worden zu sein.

Nach seiner Rückkehr hatte er lange Zeit unter den Anfeindungen der parteigetreuen kommunistischen Genossen gelitten. Schlussendlich wiesen sie ihn an, des Nachts als eine Art Nachtwächter tätig zu sein. Der Grund dafür waren diverse Einbrüche in Geschäften, bei denen überwiegend Schnaps gestohlen wurde. Wie so oft vermutete man Soldaten aus der russischen Garnison dahinter.

»Dann war es heute wohl mein Glückstag«, bedankte sich Lamot.

»Wenn schon die Welt zum Teufel geht, so müssen wenigstens Kameraden zusammenhalten«, bekräftigte Schulz seine Hilfe und bat Lamot, die Nacht sein Gast zu sein. Nach einigem Zögern stimmte er zu. Ein Tag im Warmen zu schlafen, und zu Essen zu bekommen, das war eine verlockende Aussicht.

Er schlief bis in den späten Vormittag hinein, bis Schulz ihn mit sanftem Schütteln an der Schulter weckte. Er hielt eine Feldmütze, die mit Ohrenklappen für die Kälte ausgestattet war in der Hand und meinte: »Bei dem Wetter wird sie Ihnen sicher einen guten Dienst tun, wenn sie auch nicht mehr ganz neu ist. Außerdem können Sie ihren wenig professionellen Haarschnitt darunter verstecken«, wobei ein belustigtes Grinsen über sein Gesicht glitt.

Nachdem er ein Brot und eine Hartwurst eingepackt bekam, nahm ihn Schulz auf die folgende Nachtwächterrunde mit und zeigte ihm den Weg, auf dem er einigermaßen sicher seine Flucht nach Westen fortsetzen könnte. Mit festem, dankbarem Händedruck verabschiedeten sie sich und tauchten nach verschiedenen Seiten in der Dunkelheit unter.

Während er lief, hatte er Zeit genug, über vieles nachzudenken.

Seine Gedanken wurden anfangs von den Ereignissen in ihrem Berggefängnis bestimmt.

Das tragische Ende Barskis wirkte stark nach. Bei diesen Erinnerungen verdammte er die zuerst segensreichen, sich mit dem längeren Gebrauch in eine tödliche Medizin verwandelnden Pervitintabletten. Genau betrachtet, waren ihnen auch die anderen Kameraden zum Opfer gefallen.

In diesen Momenten erinnerte er sich sofort an die Tabletten, die er sich eingesteckt hatte, um durchzuhalten. Bisher hatte er nur wenige genommen. Dann wanderten seine Gedanken zu seiner Frau. Hatte sie die Geburt gut überstanden? War es ein Junge oder ein Mädchen? Wie kam sie zurecht mit den katastrophalen Verhältnissen nach dem Zusammenbruch? Nicht eine einzige Sekunde kam ihm die Idee, dass sie bei den sicher stattgefundenen Luftangriffen auf das Gebiet um Mannheim zu Schaden, oder gar getötet worden sein könnte.

Er nahm sich fest vor, auf jeden Fall die Familien der toten Kameraden zu besuchen, um ihnen zu erzählen, was sich im Berg zugetragen hatte.

Lamot fand Unterschlupf in einem leerstehenden, ausgebombten Fabrikgebäude. So lange es hell war, hatte er sich umgesehen und festgestellt, dass es sich hier um eine Likörfabrik handelte, denn die Flaschen zeigten entsprechende Etiketten. Jetzt eine volle Flasche zu finden, das wäre eine angenehme Abwechslung, dachte er voller Vorfreude. Seine Suche, die er selbst im Keller fortsetze, blieb erfolglos. Er hockte sich ernüchtert in eine Kellerecke und beschloss, aus der Enttäuschung heraus, jetzt und hier sein letztes, bisher sorgsam gehütetes Stückchen Schokolade zu essen. Hier wollte er warten, bis die Nacht ein Weitermarschieren erlaubte. Genüsslich steckte er sich das letzte Eckchen Schokolade in den Mund.

Doch etwas ließ ihn beim Lutschen erschreckt innehalten.

Aus den Fabrikräumen im Erdgeschoss drangen Geräusche zu ihm in den Keller. War jemand dort oben? Käme er in den Keller? Sicherheitshalber suchte er sich die Pistole heraus, lud sie durch und lauschte angestrengt. Wieder erklangen die seltsamen Laute. Es hörte sich an, als ob jemand gegen Blech schlagen würde. Er wartete angespannt. Einen Moment trat Stille ein, dann war erneut das Scheppern zu hören. Er hielt es nicht länger aus. Vielleicht begehe ich jetzt einen großen Fehler, überlegte er, aber hier untätig zu warten, dass jemand in den Keller kam, darauf konnte er verzichten.

Er schlich die Kellertreppe hoch, die Waffe schussbereit in der Hand. Die Dunkelheit erschwerte sein Vorhaben. Am oberen Treppenabsatz angekommen, blies ihn ein strammer Luftzug ins Gesicht. Das Geräusch kam jetzt deutlich von der Decke der Halle. Sehen konnte er nichts, aber nach einigen Minuten des Hinhörens stellte er erleichtert fest, dass es wohl die Blechschirme der an langen Ketten hängenden Lampen sein mussten, die er am Tage gesehen hatte und die nun durch den Sturm hin – und herpendelnd gegen die Eisenverstrebungen schlugen.

Er stand da und drehte seinen Kopf gegen den Wind. Er zuckte zusammen. Was stach wie tausend feine Nadeln in sein Gesicht? Er tastete danach und fühlte die Hand nass werden. Verdammt, sollten das die ersten Schneekristalle sein? Schnee brächte seinen Heimweg in Gefahr.

Hätte er Pech, fielen irgendjemand seine Spuren auf und er würde womöglich ihnen bis zu ihm folgen. Im Wald und auf der Straße wäre das nicht so gefährlich. Hingegen würde man sicher seinen Fußstapfen nachgehen, wenn man sie in Zusammenhang mit einem Einbruch in einen Laden entdeckte.

Er packte seine Sachen zusammen und begab sich auf die nächste Etappe. Draußen stellte er erleichtert fest, dass der Schnee auf dem warmen Boden nicht liegengeblieben war. Entwarnung.

30

Den Thüringer Wald hatte er hinter sich gelassen und darüber war er recht froh. Er konnte sich vorstellen, dass der Schnee in den höheren Lagen nicht wie hier wegtaute, sondern liegenblieb.

Er näherte sich, wie stets parallel zur Straße, dem nächsten Ort. Allein die vielen Lichter deuteten auf einen großen Ort hin. Da niemand zu sehen war und sich kein Fahrzeug zeigte, lief er einen Teil seines Weges auf der Fahrbahn entlang. Das kleinste Geräusch hätte ihn sofort wieder in die Sicherheit zurückgetrieben. Diese Nacht war sternenklar, kalt und sogar der Mond begleitete ihn. Am Ortseingang las er den Namen Meiningen. Plötzlich auftauchende Lichter veranlassten ihn, Deckung im Wald zu suchen. Eine Kolonne Militärlastwagen näherte sich. Die roten Sterne auf den Wagen stachen in die Augen. Er befand er sich immer noch auf sowjetisch besetztem Territorium.

Enttäuscht setzte er sich auf einen Baumstamm. Wann erreiche ich endlich ein Gebiet, das nicht sowjetisch besetzt war, überlegte er? Bisher hatte er den Kontakt mit Menschen vermieden.

Selbst wenn sie sich nicht über sein Aussehen wunderten, erweckte jede unbedachte Frage oder Äußerung das Misstrauen. Ein falsches Wort und er fände sich auf der Polizei und schlimmstenfalls in einem russischen Gefängnis wieder.

Seine Kräfte nahmen ab, so sehr er es zu ignorieren suchte. Es wurde Zeit, alliiertes Gebiet zu erreichen.

Nach zwanzig Minuten, die Kälte kroch langsam von den Füßen höher, riss er sich zusammen und nahm sich vor, solange weiterzulaufen, wie es seine Kräfte erlaubten. Das war leicht gesagt. Allein die Stadt in einem großen Bogen zu umgehen, kostete zwei Stunden. Immer wieder wechselte er von der Landstraße in den Wald, weil Fahrzeuge, meist Militärlaster, unterwegs waren. Nach weiteren Stunden, der Morgen graute langsam herauf, erspähte er undeutlich einen Ort in der Ferne. Bis dahin muss ich es unbedingt schaffen, gab er sich den Befehl. Je dichter er dem Ort kam, desto mehr breitete sich Unruhe bei ihm aus. Das kleine Dorf war erstaunlich hell erleuchtet. Die Orte vorher hatte er meist dunkel, wenn überhaupt, nur durch wenige, trübe, gelbliche Wegebeleuchtungen erlebt. Lamot wunderte sich. Was hatte das für einen Grund? Trotz seiner Erschöpfung wurde er neugierig. Er schlug einen

Bogen, um seitlich mehr Einblick in den Ort zu erhalten. Langsam nahm die Helle des Tages zu und ich sollte mir lieber ein Versteck suchen, mahnte eine innere Stimme. Er lief jedoch noch ein Stück näher. Dann entdeckte er den weithin sichtbaren Fahnenmast mit einer Fahne in Schwarz, Rot und Gold und einige Meter weiter eine Baracke mit einer roten Fahne. Daneben einen augenscheinlich erst kürzlich errichteten Flachbau mit Fahrzeugen der Polizei davor. So ein Aufwand für diesen kleinen Ort? Da steckt etwas dahinter. Davon war er überzeugt. Aber was? Er hielt es für dringend geboten den Ort weiter zu umgehen, um nicht jemanden aufzufallen. Die große Präsenz der Polizei ließ ihn vorsichtiger werden. Nachdem er bei den letzten Häusern des Dorfes ankam, trieb ihn die Neugier doch auf die Straße. Ehe er sich eilig wieder in den Wald zurückzog, las er von Weitem den Namen Henneberg auf dem Ortsschild. So klein das Dorf war, es musste etwas Besonderes sein.

Ehe er seine Gedanken zu Ende bringen konnte, sprach eine Stimme hinter seinem Rücken: »Hallo, Sie da, kann ich Ihnen behilflich sein?« Zu so früher Stunde hatte er niemanden auf der Straße vermutet. Lamot schrak zusammen und drehte sich um. Er sah eine Gestalt, die inzwischen dicht hinter ihm stand. Auf den ersten Blick meinte er, einen Mann zu sehen, denn die Person trug eine Art Uniform, jedoch keine Kopfbedeckung. Unter den kurzgeschnittenen blonden Haaren sahen ihn blaue Augen misstrauisch an. So wie er aussah, war der Argwohn der Frau berechtigt. Blitzschnell sah er sich um. Keine weiteren Personen in der Nähe. Sollte er es wagen, sie niederzuschlagen und dann fliehen? Aus jedem der Häuser auf seiner Straßenseite könnte ihn jemand beobachten und Alarm schlagen. Er sah erneut die junge Frau an und der Gedanke löste sich augenblicklich in Luft auf. Er wusste, jetzt musste ihm ein plausibler Grund einfallen, um nicht bei der Polizei zu landen.

»Guten Morgen, ja, es wäre nett, wenn Sie mir kurz den Weg zur nächsten Polizeistation beschreiben könnten. Wie Sie sicher an meiner Kleidung erkennen können, hat man mich vor Kurzem aus der Kriegsgefangenschaft entlassen und ich bin auf der Suche nach meinen Angehörigen.«

Keineswegs überzeugt von der Geschichte, musterte die Frau den angeblich aus der Gefangenschaft Entlassenen von oben bis unten nickte zustimmend und war im Begriff den Fremden zur Wache zu begleiten, als ein olivgrüner Kleinbus aus einer Seitenstraße heraus-

geschossen kam, neben den Beiden quiet-
schend hielt, ein Kopf mit Dienstmütze aus
dem Seitenfenster auftauchte und der Frau zu-
rief: »Ilse komm, beeile dich, wir haben einen
Einsatzbefehl an der Grenze erhalten und du
musst auch mit. Der Alte tobt schon, weil du
nicht, wie angeordnet, zu Hause warst.«

Die Frau zögerte einen Moment, ehe sie Lamot
mit den Worten aufforderte: »Sie gehen jetzt
sofort die Straße weiter bis zur nächsten Kreu-
zung und dann nach links. Sie sehen dann
schon die Polizeistation. Wenn der Einsatz be-
endet ist, werde ich dann ebenfalls dorthin
kommen«. Dann würde sich klären, ob er die
Wahrheit gesagt, dachte sie und kletterte durch
die seitliche Tür in den Bus, der, eine stinkende
Abgaswolke hinter sich lassend, verschwand.

Das Wort Grenze hallte noch durch seinen
Kopf, als sein Kreislauf, fast bis in die Kniekeh-
len, absackte. Grenze, das Wort ließ ihn für einige Sekunden seine Ermüdung vergessen. Auf
dieses Wort hatte er gewartet. Er raffte sich auf,
schüttelte sich, dankte im Stillen dem gütigen
Schicksal und eilte Richtung Wald. Eines war
ihm klar, er musste einen großen Bogen schlagen. Es lag nahe, dass man sofort nach ihm suchen würde, sobald der Einsatz vorbei war. Es

blieb ihm nichts anderes übrig, trotz der zunehmenden Erschöpfung, einen weiten Umweg auf sich zu nehmen.

Kaum hatte ihn das Dickicht des Waldes verschluckt, hörte er Fahrzeuge auf der Straße. Er war zu ermüdet, um weiter darüber nachzudenken. Er lief und lief, bis er meinte, weit genug von der Gefahr entfernt zu sein.

Entkräftet, mit schmerzenden Beinen und hungrig, suchte er Schutz zwischen sorgsam aufgeschichteten Baumstämmen. Das Holz roch derart frisch, dass es erst kürzlich der Säge zum Opfer gefallen sein musste. Er kramte in der Aktentasche und fand noch ein Stück Brot, welches er bei einer Bäckerei eines kleinen Ortes vor Meiningen entwendet hatte und den Zipfel der Hartwurst seines Kameraden Schulz. Zum Glück war seine Feldflasche fast voll, da er sie vor Meiningen an einem kleinen Gebirgsbach auffüllte. Aus den umherliegenden von den Bäumen stammenden Zweigen bereitete er sich eine weiche Unterlage und deckte sich mit einigen zu.

Hätte er geahnt, was ihn am nächsten Tag erwartete, hätte er sicher keinen Schlaf gefunden. So aber bescherte ihm Morpheus einen tiefen Erschöpfungsschlaf.

31

Er schreckte hoch. Die Strahlen der Abendsonne beleuchteten die Baumwipfel. Wie lange hatte er geschlafen? Nur kurz. Er reckte und streckte die Glieder, um wieder beweglich zu werden. Sein nächster Gedanke galt dem Inhalt der Tasche, denn der Magen knurrte lauter als ein schlecht gelaunter Hund.

Seine Finger suchten vergebens. Bis auf Krümel gab die Tasche nichts mehr her.

Noch war es zu hell, um weiter zu marschieren. Er nahm einen Schluck aus der Feldflasche, fühlte an seinem Kinn, dass es wieder Zeit wäre, sich zu rasieren. Da schrak er zusammen. Weit entfernt, aber deutlich vernahm er Stimmen. Wenn das die Holzfäller sind, dann bedeutete es höchste Gefahr, entdeckt zu werden. Die Stimmen näherten sich.

Sie kamen direkt auf seine Stelle zu. Nervös schaute Lamot durch die Ritze zwischen den Stämmen, wer da käme. Er zuckte zurück. Gott sei Dank waren es nicht die Waldarbeiter.

Die zwei Männer trugen eine Art Uniform und Baschlikmützen. Sie hatte Pistolen umgeschnallt. War das Polizei oder die Uniform einer neuen Armee? Jedenfalls waren es keine

Russen, wie er erleichtert an der Sprache feststellte. Zum Greifen nah, liefen die beiden an seinem Versteck vorbei, den Weg entlang in die Richtung, in die er beabsichtigte zu gehen. Die Stimmen entfernten sich, bis sie verstummten.

Er hätte warten müssen, bis die Nacht den weiteren Weg für ihn gefahrloser machte.

Das war leichter gesagt, als ausgehalten, wenn der Magen knurrt. Lamot beschloss, sich im nächsten Ort auf Biegen und Brechen etwas zum Essen zu besorgen.

Kaum war der Abend dämmrig genug, hielt es ihn nicht mehr. Er warf sich die Tasche über die Schulter und lief den Weg entlang, wo die Männer verschwunden waren. Plötzlich war der Wald zu Ende.

Das Restlicht des Tages reichte aus, dass er die Schneise sehen konnte, die sich nach beiden Seiten bis zum Horizont hinzuziehen schien. Da er weiter Richtung Süden gehen musste, blieb ihm nichts anderes übrig, als über die breite, sehr breite Lichtung zu laufen. Was war der Sinn dieser durchgehenden freien Fläche? War es ein Kahlschlag, um einen Waldbrand aufzuhalten, oder die langersehnte Grenze? Jetzt war nicht die Zeit, um darüber nachzudenken, er musste den kahlgeschlagenen Bereich so schnell ihn die Beine trugen, hinter sich lassen. Er lauschte. Keine Stimmen waren zu hören. Nur das heisere Bellen eines Hundes unterbrach die Stille. Er sprang auf und rannte gebückt über den freien Streifen. In dieser Haltung rutschte die Tasche nach vorne und behinderte ihn am Laufen. Doch er musste weiter. Mit beiden Händen hielt er sie gegen seine Brust gepresst.

Fast hatte er die rettende gegenüberliegende Waldseite erreicht, als er kurz innehielt. War das eine Schneise zwischen zwei Gebieten mit anderen Regierungen? Nach der Äußerung der Frau, der Einsatz beträfe die Grenze, hoffte er inständig, es möge die Grenzfläche zwischen den beiden verfeindeten Systemen sein.

Er lief weiter, um den Rest des freien Bereichs zu überwinden, da schlugen die geschrienen Worte: »Stehenbleiben, oder wir machen von der Schusswaffe Gebrauch! « und Hundegebell in seine Ohren. Ein Warnschuss zerfetzte die Nachtstille.

»Stehenbleiben!«, oder »Stoi!«, beides hieß Gefahr. Sein Instinkt war schneller als seine Gedanken und signalisierte ‚Flucht!' Mit letzter Kraft hetzte Lamot über die restlichen Meter der Freifläche und verschwand im angrenzenden Wald. War er in Sicherheit? Befand er sich jetzt auf dem Gebiet, wo die Russen nicht mehr das Sagen hatten? Er lauschte. Die Stimmen waren verstummt. Nur der Hund bellte noch. Wie es aussah, hatten sie die Verfolgung abgebrochen. Die Anspannung war zu groß. Er brach zusammen und lag mit bis zum Hals schlagendem Herzen lang ausgestreckt auf dem Waldboden.

Er hatte die Augen geschlossen und wartete darauf, dass sich sein Pulsschlag normalisierte.

Ein Geräusch ließ ihn sich aufrichten, und den Kopf zur Seite zu drehen. Zwei oder drei Meter neben ihm, in der Dunkelheit nur mehr zu erahnen als zu erkennen, standen Beine. Er sackte wieder zurück. Schluss, aus, sie hatten ihn doch noch erwischt. Sich mit der Pistole den Weg freizuschießen, dafür war es zu spät.

Eine Stimme befahl: »Aufstehen und die Hände über den Kopf«!

Eine zweite ergänzte: »Personaldokumente bitte!«

Er kam der Aufforderung nach, hob die Hände und fragte: »Entschuldigung, können Sie mir sagen, wo ich bin?«

Einer lachte kurz und erkundigte sich im Gegenzug: »Sind Sie gerade aus der SBZ über die Grenze gekommen?«

Lamot mit hörbarer Erleichterung »Was heißt SBZ und bin ich nicht mehr auf russischem Gebiet?«

»Nein, Sie befinden sich nicht mehr auf dem Gebiet der Sowjetisch besetzten Zone. Das hier ist von den Amerikanern besetztes Gebiet.«

Eine Taschenlampe leuchtete ihn ins Gesicht.

»Ich habe keine Papiere«, flüsterte Lamot.

»Sie kommen erst einmal mit aufs Revier«, befahl der Größere der beiden und schob ihn vor sich her. Die Pistole, die er in der Hand hielt, steckte er zurück ins Holster. Die brauche ich sicher nicht, denn gefährlich sah der sichtlich erschöpfte Grenzgänger nicht aus, dachte er.

Sie stolperten durch die Dunkelheit, bis sie eine Polizeistation erreichten. Der Platz war durch Scheinwerfer, die an Masten angebracht waren, taghell ausgeleuchtet. Sie führten ihn in einen spartanisch eingerichteten Raum, in dem ein Tisch und mehrere Stühle standen. Sie baten ihn, auf der einen Seite des Tisches, wo nur ein Stuhl stand, Platz zu nehmen.

Im Licht des Raumes musterten sie den Grenzgänger. Er sah aus wie ein Landstreicher. Unrasiert mit wildem Haarwuchs und mit verschmutzter Kleidung bot er einen bemitleidenswerten Anblick dar. Was hatte ihn getrieben, das Risiko auf sich zu nehmen und über die Grenze zu fliehen?

Lamot stellte die Aktentasche neben sich auf den Boden. Mit einem Blick hatte er festgestellt, dass die Männer nicht die gewohnten Polizeiuniformen trugen, sondern Uniformen, wie sie die ehemalige Wehrmacht hatte. Nur die Farbe war anders. Vermutlich umgefärbt. Rangabzeichen konnte er nicht entdecken.

Sie sahen wie heruntergekommen und erschöpft der Mann war und einer fragte: »Möchten Sie etwas zu trinken haben?«

Lamot antwortete: » Kann ich einen Kaffee bekommen, bitte?«

Einer der Beamten verschwand und kam nach kurzer Zeit mit einer großen Tasse Kaffee zurück.

»So, und nun erzählen Sie uns bitte Ihre Geschichte. Zuerst aber geben Sie uns bitte ihre Papiere.«

Lamot nahm einen großen Schluck Kaffee und eröffnete das Gespräch mit den Worten:

»Was ich Ihnen jetzt berichten werde, entspringt nicht meiner Fantasie, wenn es sich auch völlig unglaubhaft anhört. Ich gebe Ihnen meine Papiere. Daran werden Sie ermessen können, dass mein nachfolgender Bericht auf Tatsachen basiert. Zuerst möchte ich mich vorstellen. Ich heiße Paul Lamot und gehörte der Waffen-SS an.«

Plötzlich herrschte absolute Stille im Raum. Es schien, als ob die vernehmenden Beamten die Luft anhielten.

Dann prustete einer von ihnen los und fragte »Und Sie kommen direkt von der Front oder?«

Lamot hatte eine scharfe Antwort auf der Zunge, aber er verstand die Absurdität der Situation und das Verhalten des Mannes. Wortlos holte er die Papiere aus der Tasche, wickelte sie aus dem Ölpapier, und reichte seinen Wehrpass und das Soldbuch dem ihm Gegenübersitzenden. Sie schauten sich die Papiere an und ungläubiges Staunen breitete sich auf ihren Gesichtern aus. Einer der Männer erhob sich hastig und eilte aus dem Raum. Nur Sekunden später erschien er mit einem anderen Uniformierten, der sich als Leiter der Polizeistelle vorstellte. Er stellte sich vor, zog sich einen Stuhl an die Längsseite des Tisches und bat ihn, seine Geschichte zu erzählen.

Lamot begann mit den Worten: »Da ich jetzt in Sicherheit bin, brauche ich sie nicht mehr«. Mit diesen Worten griff er ein zweites Mal in die Aktentasche und holte die Pistole hervor. Die drei Männer zuckten erschrocken zurück. Er überreichte dem Leiter die Waffe und fing an zu berichten.

Sicher hätte es mehrere Stunden bedurft, die ganze tragische Geschichte in allen Einzelheiten und Begebenheiten darzustellen. Deshalb beschränkte er sich auf die wesentlichen Ereignisse und Zeitabschnitte. Gegen Mittag, sie hatte sich mehrfach mit Kaffee bedient, stellte sich bei allen, besonders bei Lamot Hunger ein. Er bat, etwas zu essen zu bekommen.

»Wir machen eine Pause und ich lasse Ihnen etwas holen«, schlug Herr Hofer, der Leiter, vor. Es dauerte nicht allzu lange und ein leckeres Gericht stand aus dem kleinen Dorfgasthaus vor dem Flüchtling. Heißhungrig machte er sich darüber her. Amüsiert, aber auch mit Mitgefühl, betrachteten die Umstehenden die Hast, mit der ihr Gast das Essen verzehrte.

In der Zwischenzeit liefen die Telefonleitungen heiß. Von Eußenhausen, so hieß der Grenzort, informierte man die nächsthöhere Dienststelle.

32

Die Nacht verbrachte er in einer kleinen Zelle auf einer unbequemen Pritsche. Seine Geschichte hatte die Männer angerührt und sie versorgten ihren Gast mit zusätzlichen Decken und einem privaten Kopfkissen.

Sein Schlaf wurde jäh unterbrochen. Mit einem Knall schlug die Zellentür gegen die Wand und laute Stimmen, die sich wie Befehle anhörten, ließen ihn hochfahren. Die Zellenbeleuchtung flammte auf und er sah, noch verschlafen, fremde Uniformen vor der Zelle. Ein baumlanger Amerikaner winkte ihn mit herrischer Bewegung heraus zu kommen und sprach auf ihn ein. Lamot grinste pflichtschuldig, obgleich er kein Wort verstand. Ein zweiter Amerikaner sah ihn finster an, packte seinen Arm und zerrte ihn in den Flur.

Beim Vorbeigehen am Dienststellenleiter Hofer hörte er ihn flüstern: »Die haben jetzt bei uns das Sagen. Ich wünsche Ihnen alles Gute«.

Ehe er einen klaren Gedanken fassen konnte, schoben sie ihn unsanft aus der Dienststelle und zwangen ihn, in einen Jeep einzusteigen. Auf dem Fahrzeug las er die Buchstaben MP.

In rasender Fahrt ging es viele Kilometer bis nach Bad Kissingen. Unterwegs hatte Lamot genügend Zeit, sich die beiden Polizisten, denn so etwas Ähnliches mochten sie sein, und den Fahrer, einen rundlichen Dunkelhäutigen, in Ruhe zu betrachten.

So also sehen unsere einstigen Gegner aus, dachte er und bewunderte die tadellos sitzenden pieksauberen Uniformen. Sein Versuch, mit dem neben ihm hockenden Riesen ins Gespräch zu kommen, scheiterte kläglich. Wenn Lamot etwas zu ihm sagte, schüttelte er nur mit gerunzelter Stirn den Kopf, grunzte und, kaute weiter seinen Kaugummi. Er entnahm daraus, er sollte lieber den Mund halten.

In Bad Kissingen brachte sie ihn wieder in einen Zellentrakt. Er wurde eingeschlossen und stellte fest, er war der einzige Insasse in dem Trakt. Am Nachmittag erhielt er Essen und etwas zu trinken. Nach einer Leibesvisitation hatte sie ihm alle Sachen abgenommen. Selbst die Schuhe musste er ausziehen und den Gürtel abgeben. Ein Gang zur Toilette wurde gestattet. Stets begleiteten ihn zwei Militärpolizisten.

Am Abend holte ihn eine wortkarge Wache ab. Im Vorraum zu den Toiletten durfte er sich rasieren und der Wachmann schnitt seine Haare zu einer kurzen, fast militärischen Frisur.

Die Nacht brach herein und Lamot rollte sich auf der unbequemen Liege zum Schlafen ein. Er wartete darauf, dass die grelle Deckenlampe ausgeschaltet würde. Er irrte sich. Sie blieb während der Nacht an und verhinderte so einen erholsamen Schlaf.

Am nächsten Morgen erschien ein Uniformierter mit einem Arm voll Kleidung. Lamot zog sich die Unterwäsche einschließlich der Socken, die aus dem Fundus der Armee stammten, die graue Hose, sie war ein beträchtliches Stück zu kurz, ein blaues Baumwollhemd und eine dunkelgraue Jacke an. Als Schuhe stellten sie ihm Pantoffeln zur Verfügung.

Er hatte gehofft, ein Frühstück zu bekommen und versuchte es, dem Überbringer der Kleidung klarzumachen. Der verstand und kam nach zwanzig Minuten mit einigen Scheiben Weißbrot, etwas Marmelade und einer großen Tasse Kaffee zurück. Kaum hatte Lamot den letzten Bissen heruntergeschluckt, wurde er mit Gesten aufgefordert mitzukommen. Eine Etage höher betraten er und zwei Bewachen einen kleinen Saal, an dessen Kopfende ein langer Tisch stand. Dahinter saßen drei Uniformierte. Lamot kannte die Rangabzeichen nicht, nahm aber an, dass es Offiziere sind. Er entdeckte seine Aktentasche, die vor einem der Personen lag.

Vor dem Tisch stand ein einsamer Stuhl, auf dem er Platz nehmen musste. An einem kleinen Nebentisch saß eine uniformierte Frau, die die Sitzung protokollierte.

Ohne ein Wort der Begrüßung sprach der in der Mitte Sitzende Lamot an:

»Wie heißen Sie? Welchen Dienstrang bekleideten Sie bei der SS? An welchen Kampfeinsätzen haben Sie teilgenommen?«

Der Mann hatte Deutsch gesprochen, jedoch mit einer nuscheligen Aussprache, dass Lamot es Mühe machte, die Fragen zu verstehen.

Er begann: »Mein Name ist Paul Lamot. Das können Sie in meinen Papieren nachlesen«. Beim letzten Satz runzelte der Frager die Stirn, da er die Antwort provozierend empfand. Schwieg aber.

»Mein Dienstrang ist Sturmmann. Ich habe an keinem Kampfeinsatz teilgenommen. Der Waffen-SS gehörte ich erst seit fünf Monaten an, bevor ich verschüttet wurde.«.

Der vernehmende Offizier hatte eine lange Liste von Fragen vor sich liegen, die er stur und akribisch abarbeitete. Inzwischen näherte man sich der Mittagszeit.

Dann kam die Frage nach dem Geschehen im Berg.

Lamot wusste, seine Aussage würde noch lange, wenn nicht gar Stunden dauern, und entschloss sich, zu fragen: »Da meine Ausführungen sehr ausführlich sein werden, bitte ich mir etwas zu essen und zu trinken zu geben«.

Es schien, als wollte der Vorsitzende aufbrausen. Er sprach mit den Beisitzern und knurrte hörbar unwillig: »Sie werden jetzt in die Zelle gebracht. Nach dem Mittagessen werden wir Sie weiter befragen«.

Gegen vierzehn Uhr holten sie ihn und brachten ihn wieder in den Verhörraum.

Lamot begann, von seinem langen Aufenthalt im Berg zu erzählen, wobei er sich, wie vorher bei der deutschen Polizei, nur auf das Wesentliche beschränkte. Krawuttke erwähnte er, um weiteren Nachfragen nach dessen Schicksal zu entgehen, mit keinem Wort. Zu Barski ließ er durchblicken, dass der, kaum, dass man den Berg verlassen konnte, verschwunden sei. Trotzdem zog sich die Befragung über Stunden hin, nur durch kurze Pausen unterbrochen, in denen man ihm Kaffee anbot.

Ab und zu kam es zu Rückfragen der Vernehmenden, weil die Geschichte so unglaubhaft erschien. In der Aktentasche hatte man die halben Erkennungsmarken von Ullmann und Aumüller entdeckt. Er berichtete kurz vom Schicksal der Kameraden und bestätigte, dass sie den Toten die andere Hälfte der Erkennungsmarke beigelegt hatten. Für den Fall, sie würden eines Tages gefunden, wäre damit die Identifizierung gesichert. Die andere Hälfte der Erkennungsmarken würde später den deutschen Behörden übergeben und zur Erfassung an die Auskunftsstelle für die Kriegsverluste der Waffen-SS weitergeleitet. Plötzlich langte einer der Verhörenden in die Aktentasche und holte erneut die Erkennungsmarken hervor. Er wandte sich an den Vorsitzenden, flüsterte etwas und gab ihm die Blechstücke.

Der beugte sich, die Marken ihm entgegenhaltend, zu Lamot:

»Sie haben uns berichtet, die Kameraden wären an Krankheiten gestorben. Die Marken sehen aus, als ob sie von einem Geschoss verformt wurden. Erklären Sie das, bitte«.

Verdammt, Bisher hatte er die unerfreuliche Geschichte mit Barski herausgehalten. Lamot erklärte die Schussspuren so, als wäre die Sache nicht so wichtig gewesen:

»Ich hatte die Absicht, den Kameraden Barski zurückzuhalten, als er den Berg verlassen wollte. Ich war der Meinung, in seinem verwirrten Zustand bräuchte er meine Hilfe. Er jedoch verstand das falsch und schoss auf mich. Gottseidank traf er nur die Aktentasche. Danach verließ er den Berg und ich habe ihn nicht wiedergesehen«.

Die Erklärung schien dem Fragenden, nach seinem Gesichtsausdruck zu urteilen, nicht zu überzeugen, aber ihn hatten die Stunden der Befragung sichtlich angestrengt, sodass er keine weiteren Fragen stellte. Lamot atmete auf.

Gegen achtzehn Uhr beendeten sie das Verhör und er durfte zurück in die Zelle.

Er erhielt etwas zu essen, legte sich hin und war erschöpft durch die Vernehmung, sofort eingeschlafen.

Die Uniformierten, die der United States Constabulary angehörten, saßen noch bis weit in den Abend zusammen und diskutierten, wie es mit dem Gefangenen weitergehen sollte.

Vor einigen Monaten wäre Lamot in ein spezielles Gefangenenlager für höhere NS- und SS -Angehörige überstellt worden. Ab März 1946 übertrug man die Prozedur der Entnazifizierung schrittweise den deutschen Behörden.

Alle Lager hatte man im Frühjahr 1947 aufgelöst. Schlussendlich einigten sie sich darauf, den SS-Mann Lamot in den nächsten Tagen an die Deutschen zu übergeben.

~ 33 ~

Am Vormittag des nächsten Tages stand ein Soldat mit seiner Aktentasche vor der Zelle, in der sich nur sein Rasierzeug, ein Satz Unterwäsche, Brotkrümel und ein winziger Bleistiftstummel befanden. Lamot war erleichtert, als er feststellte, dass seine Notizblätter noch in dem Geheimfach steckten. Seine Ausweispapiere hatten sie ihm nicht zurückgegeben.

In verschiedenen Militärfahrzeugen transportierten ihn die Amerikaner, mit einigen Zwischenstopps bei anderen Standorten, bis Mannheim. Dort überstellten sie ihn der deutschen Polizei, die ihn, nach kurzer Überprüfung der von den Amerikanern übergebenen Unterlagen, in ein Gefängnis einwies. Hier bekam er als Erstes ein Paar Halbschuhe als Ersatz für die museumsreifen Pantoffeln.

Allein der Gedanke, dass er nur wenige Kilometer von seinem Wohnort Weinheim entfernt war, gab Lamot einen erstaunlichen Auftrieb.

Sein Fall war so außergewöhnlich, dass die Gerichte anfangs nicht recht wussten, wie sie verfahren sollten. Es dauerte mehrere Wochen, in denen anscheinend nichts geschah. Seine Fragen, wann er mit seinem Entnazifizierungsprozess rechnen könnte, beantworteten die Wärter mit einem Achselzucken. Was Lamot nicht ahnte, das Gericht hatte seine Frau informiert, dass er lebte. Ihr Ersuchen, ihn sofort zu besuchen, wurde abgelehnt. Man gestattete, ihren Mann einen Brief zu senden. Lamot konnte es nicht fassen, als ihm ein Beamter das Schreiben überreichte. Er schämte sich nicht über die Tränen, die über sein Gesicht liefen, als er die Sätze las. Vor Freude wanderte er in der Zelle auf und ab, immer wieder die Zeilen lesend, die ihm bestätigten er wäre Vater eines rundum gesunden Sohnes. Er hatte den Namen Peter erhalten, so wie sie es vor der Geburt vereinbart hatten, wenn es ein Sohn würde. Alles, was auf ihn zukäme, würde er mit neuer Kraft und Zuversicht ertragen. Da war er sich sicher.

Dann war es endlich soweit. Zwei Wärter holten ihn an einem Vormittag aus der Zelle und brachten ihn in ein entfernt stehendes Gerichtsgebäude. Dort tagte die Spruchkammer, vor der sich Lamot zu verantworten hatte.

Was er nicht wusste, die Zeit, in der er in der Zelle auf den Beginn der Verhandlung gewartet hatte, suchte das Gericht nach Zeugen, die ihn entlasten könnten. Es war jedoch seine Frau, die sich an jemand erinnerte, der ihrem Mann zu Dank verpflichtet sein müsste.

Tatsächlich fand sich der jüdische Bekannte der Familie Lamot, dem er, bevor er der SS beitrat, geholfen hatte, mit den Verwandten in die Schweiz zu fliehen. Dieser sagte zu seinen Gunsten aus und bestätigte, dass sich Paul Lamot in vertraulichen Gesprächen stets gegen die Nationalsozialisten ausgesprochen hatte.

Dadurch erhielt er einen positiven Leumund, der auch den Anforderungen der Alliierten genügt hätte. Durch den sogenannten Persilschein war er vom Vorwurf der nationalsozialistischen Gesinnung reingewaschen und durfte zurück zu seiner Familie und einer normalen Tätigkeit nachgehen.

Am Morgen des folgenden Tages übergab ihm ein Mann vom Gefängnispersonal die wenigen Habseligkeiten, die in seiner Aktentasche verstaut waren. Er nahm in aller Hast die Tasche und drängte zur Eile, weil ihm das Aufschließen durch den Justizbeamten zu lange dauerte. Die ersehnte Freiheit betrat er durch eine unscheinbare, graugestrichene Blechtür. Der Schnee lag so hoch, dass er in seine Halbschuhe drang. Er merkte es nicht. Seine Frau Lotte, die frierend von einem Bein auf das andere wechselte, war viel zu früh erschienen und inzwischen durchgefroren.

»Paul! «, nur dieses eine Wort unterbrach die Stille des frühen Morgens. Dann lagen sie sich wortlos in den Armen. Nach einer Ewigkeit gefühlten Zeit lösten sie sich zögernd. Er betrachtete seine Frau und stellte leicht vorwurfsvoll die Frage: »Und warum hast du Peter nicht mitgebracht?«

Sie amüsierte sich und antwortete »Das meinst du doch nicht im Ernst, bei diesem Wetter!? «

Er lachte und musste zugeben, dass das sicher keine gute Idee gewesen wäre, zumal es in diesem Moment wieder heftig zu schneien anfing. Nicht einmal einen Mantel haben sie ihm bei dieser Kälte gegeben, stellte sie aufgebracht fest. In seiner dünnen Jacke und den leichten Schuhen könnte er sich leicht eine Erkältung holen.

Während sie Arm in Arm durch den Schnee zur Haltestelle stapften, betrachtete ihn Lotte unauffällig von der Seite. Alt und mager ist er geworden, stellte sie mitfühlend fest.

Was bin ich undankbar, drängte sich sofort ein anderer Gedanke auf. Wie viele Frauen warteten immer noch vergeblich auf ihre Männer.

Ein Bus brachte sie nach Weinheim.

Von der Bushaltestelle waren es nur wenige hundert Meter bis nach Hause. Paul konnte nicht schnell genug um die letzte Ecke biegen, als er abrupt stehen blieb. Erschrocken zeigte er auf eine Lücke in der Häuserfront.

»Ja, wie du siehst, hat uns der Krieg auch nicht verschont« bestätigte Lotte. Das Haus mit der Weinhandlung im Erdgeschoss und dem Büro darüber, war verschwunden. Durch die freie

Stelle sah er in den Hof, in dem sich vorher das Lagergebäude befand. Aufatmend bemerkte er, dass das Wohnhaus daneben noch stand.

»Es geschah in den letzten Kriegstagen. Wir saßen im Luftschutzraum unseres Hauses, als die Bombe einschlug. Wir dachten, es sei aus mit uns. Nach der Entwarnung gelang es uns anfangs nicht, den Keller zu verlassen. Ein Teil der Gebäudetrümmer hatten unseren Ausgang verschüttet. Nachbarn halfen uns, herauszukommen. Wir können froh sein, dass unser Wohnhaus die Luftangriffe überstanden hat. Deine Eltern sind bei uns eingezogen, weil es die Wohnung über der Weinhandlung nicht mehr gab. Der Verlust seiner Existenz macht deinem Vater schwer zu schaffen. Er hat anscheinend die Kraft verloren, einen Neuanfang zu wagen. Lass uns jetzt aber nicht mehr davon sprechen. Kommt Zeit, kommt Rat«, mit diesen Worten zog Lotte ihren Mann in Richtung Wohnhaus.

Lamot zögerte, die Wohnung zu betreten. Gleich sähe er zum ersten Mal seinen Sohn. Wie würde Peter auf ihn reagieren? Lotte lief vor ihm ins Wohnzimmer, in dem ihre Cousine auf den kleinen Peter solange aufgepasst hatte. Er saß auf dem Teppich, spielte mit Holzbausteinen und schaute neugierig hoch, als der fremde Mann vor ihm stand.

»Hallo Peter«, sagte gerührt Lamot, »ich bin Paul, dein Vater«.

Hinter sich hörte er die beiden Frauen kichern.

Die Cousine meinte: »Du könntest ihm auch sagen, du bist der Weihnachtsmann, er nähme es dir vermutlich auch ab. «

Lamot bückte sich und hob ihn auf den Arm. Das war zu viel für den Kleinen. Er drehte und wendete sich, um aus den Armen freizukommen, und begann zu weinen.

Erschrocken über diese Reaktion übergab er seinen Sohn hastig Lotte, in deren Armen das Weinen sofort versiegte.

»Ein paar Tage wird es dauern, ehe er begreifen wird, dass du zur Familie gehörst«, lachte Lotte.

Die ersten Gehversuche, die ersten Worte, das habe ich alles verpasst. Im nächsten Moment schämte er sich für diese Gedanken, weil er an Aumüllers Tochter dachte, die ihren Vater nie wiedersehen würde.

»Jetzt wird es aber Zeit, dass du nach oben gehst und die Eltern begrüßt. Sie sind viel zu aufgeregt gewesen, dich abzuholen. Erschrick bitte nicht, wenn du siehst, wie gealtert sie sind«, bereitete sie Paul vor.

Am nächsten Morgen wagte er kaum die Augen zu öffnen. Behutsam glitten seine Hände über die Zudecke. Langsam wandte er den Kopf zur Seite, doch der Platz neben ihm war leer. Lotte hatte sich früher aus dem Bett geschlichen, um Peter zu versorgen und das Frühstück vorzubereiten. Er richtete sich ein wenig auf, schaute nach rechts, stellte fest, der Wecker müsse defekt sein, denn er zeigte elf Uhr an. Wenn er nicht defekt war, hätte er rund zwölf Stunden geschlafen. Auf ein paar Minuten kommt es nicht mehr an, überlegte Peter und ließ sich mit wohligem Gefühl zurück in die Kissen sinken. Daraus wurde nichts.

In der nächsten Minute hörte er Lottes Aufforderung von der Tür her: »Nun aber raus aus den Federn. Übrigens, wer ist eigentlich Fritz? Du hast im Traum gerufen 'Fritz, was hast du getan? Jetzt bist du zum Mörder geworden' und dann hast du dich unruhig hin und her geworfen. Ich wollte dich schon wecken. Du musst mir bald die ganze Geschichte erzählen. Vielleicht hilft es, dass die Albträume verschwinden.«

»Das hoffe ich «, gab Lamot gähnend zurück und ließ sich wieder zurück in die warme Gemütlichkeit sinken.

»Komm schon, dein Sohn wartet auf dich.«

»Das ist ein unschlagbares Argument, um aufzustehen«, erwiderte er und schwang die Beine aus dem Bett.

Nach einem ausgedehnten Frühstück, dass das Mittagessen in weite Ferne rückte, beschäftigte er sich behutsam mit Peter. Die ersten Versuche zeigten erfolgversprechende Ansätze.

Sein Traum, im elterlichen Geschäft zu arbeiten zu, war ausgeträumt.

Die nächsten Tage waren ausgefüllt mit Behördengängen und der Suche nach Arbeit. Wie vorauszusehen war, scheiterte die Einstellung an seiner einstigen Zugehörigkeit zur Waffen-SS. Plötzlich waren selbst ehemals gute Freunde demokratischer als demokratisch. Nach vier Monaten besann sich das Glück, das ihn bisher durch sein Leben begleitet hatte, und verschaffte ihm eine Stelle bei der Kriminalpolizei. Es war nicht nur das Glück, sondern eher die Fürsprache eines Onkels, der als Mitglied der kommunistischen Partei bei den Nationalsozialisten im Gefängnis gesessen hatte. Seine Befürwortung öffnete ihm die Tür für die Laufbahn. Da der Krieg fast alle wehrfähigen Männer verschlungen hatte, war das ein weiterer

Grund, warum er in den Polizeidienst übernommen wurde.

Ein Jahr später entsann er sich an sein Versprechen, die Familien der drei Kameraden aufzusuchen. Lamot hatte die Adressen, in einem kleinen Nebenfach der Aktentasche versteckt, bis in die Heimat gerettet.

Während ihrer langen Gefangenschaft hatte sie die Adressen ausgetauscht.

Nur Fritz Barski meinte, das wäre nicht nötig und weigerte sich, sie ihm zu geben. Hätten er und die Kameraden gewusst, welches grausame Schicksal Barski in der Brust verbarg, hätten sie manche seiner Äußerungen und Handlungen eher verstanden.

Im Januar 1945 hatte Barskis Frau mit dem Sohn und weiteren Familienangehörigen ihren Hof in Ostpreußen vor der heranrückenden Roten Armee verlassen. Mit Pferdegespannen und allem Hab und Gut versuchten sie, über das Eis des zugefrorenen frischen Haffs nach dem Westen zu entkommen. Tiefflieger bombardierten die Eisflächen und die Pferdegespanne versanken mit den Flüchtenden im eiskalten Wasser der Ostsee. Barskis Familie teilte dieses Los. Barski hatte die Schreckensnachricht im Februar 1945 erhalten.

Lamots Briefe an die Adresse der Familie Karl Krawuttkes kam mit dem Vermerk zurück ‚Empfänger unbekannt'.

Jahre später, als er Berlin besuchte, erkundigte er sich nach der Straße, in der Krawuttke gewohnt hatte. Die Straße in Berlin Mitte gab es noch, aber auf der Seite, wo sich die Hausnummer befunden haben musste, waren die Häuser und die Eckkneipe den Bomben zum Opfer gefallen. Er sah auf die geräumte Schuttfläche und dachte daran, dass sie sich hier, nach geglückter Befreiung aus dem Berg, zu einem gemütlichen Wiedersehen treffen wollten. Vermutlich hatte Krawuttkes Familie nicht überlebt. Er empfand eine gewisse Erleichterung über das Ende seiner Kontaktbemühungen in diesem Fall. Wie schwer wäre es für die Angehörigen gewesen, wenn er ihnen das wahre Schicksal Karls hätte schildern müssen. Sie wären schockiert, zu hören, dass er vom eigenen Kameraden erschlagen und verscharrt wurde.

Lamot hatte sich vorgenommen, als Nächstes die Familie Aumüller in Straubing zu besuchen. Zuerst nahm er brieflichen Kontakt auf, den er später in Telefongesprächen fortführte. Als Frau Aumüller hörte, dass er bis zuletzt bei ihrem Mann war, bat sie ihn, vorbeizukommen, um mehr zu erfahren. Es war zwar recht umständlich, in der Nachkriegszeit bis nach Straubing in Niederbayer zu gelangen, aber er nahm das gerne in Kauf. Die Tochter mit ihren acht Jahren wollte unbedingt dabei sein, wenn Lamot von ihrem Vater erzählte. Aus diesem Grund berichtete er, wie ihr Papa ohne große Schmerzen friedlich eingeschlafen war. Ehe er wieder zurückfuhr, übergab er Frau Aumüller heimlich den Brief ihres Mannes, den er durch alle Kontrollen, dank der geheimen Fächer in der Aktentasche, retten konnte.

Der Besuch bei Werner Ullmann stand noch bevor. Der Wohnort lag mitten in der sowjetisch besetzten Zone. Anfangs überlegte er nach Ilmenau zu fahren. Die Gefahr, auf einer Fahndungsliste von SS-Angehörigen zu stehen, bewog ihn, den Kontakt lieber schriftlich aufzunehmen. Er wartete drei Wochen auf eine Reaktion. Nach vier Wochen musste er sich eingestehen, dass es vermutlich niemand gab, der sich für das Schicksal Ullmanns interessierte. Er hatte zu früh aufgegeben. Fünf Wochen später lag eine Antwort von Ullmanns Bruder Herbert im Briefkasten. Herbert drückte seine Dankbarkeit über die Mühe aus, die er sich gemacht hatte, und freute sich auf einen Besuch von ihm. Die Zeilen waren nüchtern abgefasst und enthielten keine persönlichen Details. Lamot erinnerte sich, dass man munkelte, die Sicherheitsbehörden in der Zone öffneten oft die Post aus dem Westen. Dadurch war die lange Laufzeit der Briefe erklärbar. Nein, nach Ilmenau zu reisen, das riskierte er sicher nicht. Andererseits war Herbert neugierig, was aus seinem, bisher als vermisst geltenden, Bruder, geworden war.

Anhand seiner Tagebuchaufzeichnungen teilte er Herbert mit, an welchem Tag sich sein Bruder das Leben genommen hatte und wo sie ihn begruben. Einen Monat später dankte ihn Herbert Ullmann recht kurz und unpersönlich für seine Mühe. Danach brach der Kontakt ab.

Die Eingeschlossenen hatten sich immer wieder unterhalten, ob und wie ihre Familien über ihren Verbleib informiert werden. In den ersten Nachkriegstagen ergänzte das Rote Kreuz die Suchlisten über das Schicksal der Soldaten. Die fünf Kameraden wurden als vermisst eingetragen. Ihr letzter Aufenthalt wurde mit dem Standort für Sonderbaumaßnahme der Organisation Todt vermerkt. Die Familien setzte man diesbezüglich in Kenntnis.

Nachzutragen bleibt, dass sich eines Tages der Suchdienst des Deutschen Roten Kreuzes meldete und Einzelheiten zum Tod und dem Verbleib von Jakob Aumüller wissen wollte. Frau Aumüller hatte sich dort vor Lamots Besuch immer wieder nach seinem Verbleib erkundigt.

Lamot gab eine eidesstattliche Versicherung über die näheren Umstände des Todes ab und den Ort, wo sie Jakob Aumüller begraben hatten, sodass dieser Fall als abgeschlossen vermerkt wurde.

Längst ist die Mittagszeit vorbei und Peter sitzt immer noch da und liest Vaters Tagebuchaufzeichnungen. Das sich meldende Hungergefühl beruhigt er mit einigen Keksen und mit Kaffee. Die Ereignisse sind so fesselnd, da dauert ihm jede Sekunde der Unterbrechung zu lange. Auf einem der Notizblätter las er über den Schusswechsel von Barski mit der Patrouille und dem Vermerk, die Aktentasche hätte sein Leben gerettet. Peter hatte das Loch im Leder entdeckt, konnte sich aber bisher nicht erklären, woher es stammte. Jetzt wusste er es. In diesem Moment beschloss er, die Aktentasche und die No-

tizen, allein aus diesem Grund, weiterhin auf-
zubewahren, damit sie die schicksalhaften Begebenheiten für die Nachkommen bewahrte.

Es ist ein heißer Tag und das intensive Lesen
strengt Peter an. Am frühen Nachmittag, er hat
die Aufzeichnungen gelesen, übermannt ihn
die Müdigkeit.

Kurz darauf kommt seine Frau mit den Kin-
dern vom Badeausflug zurück.

Sie finden ihn im Sessel sitzend, den Kopf nach
hinten gegen die Lehne gekippt, tief und fest
schlafend vor. Lotte hebt die verstreut umherliegenden Notizblätter auf und legt sie auf den
Tisch. Dann weckt sie ihn behutsam.

Glossar

Drillichanzug   Anzug aus dreifädigem,
festem Leinen –
oder Baumwollgewebe

Eiserne Portion

Notverpflegung beste-
hend aus:
250 g Hartzwieback,
200 g Fleischkonserve, 150 g
Suppenkonserve, (entweder
Suppenkonzentrat oder
Erbswurst), 20 g Kaffee (ge-
mahlen und verpackt)

Esbit   Trockenbrennstoff in
Tablettenform

Hindenburglicht

Es besteht aus einer
flachen Schale   aus
Pappe von ca. 5 bis 8 cm
Durchmesser mit einem
1 bis 1,5 cm hohen Rand.
Diese flache Schale war
gefüllt mit einem wachs
ähnlichen Fett (Talg).
Ein kurzer, breiter
Docht in der Mitte

223

wurde angezündet und
brachte für einige Stunden
Licht. (Wikipedia)

Knobelbecher

Soldatensprache: Stiefel
beim Militär.

Pervitin   Die kleinen Pillen bestanden
aus Methamphetamin und
steigerten die Leistungsfähig-
keit.

Scho-ka-kola

Enthält pro 100 Gramm 200
mg Koffein. Besteht aus: Kaffee, Kakao und Extrakt der
Kolanuss.

Tokarew

Selbstladepistole Kaliber 7,62
X 25 mm, 8 Schuss,   1930 in
der russischen Armee einge-
führt. (Wikipedia)

V1/V2

1942 weltweit erste funktionsfähige Großrakete mit Flüssigkeitstriebwerk. Sie war als ballistische Artillerie-Rakete großer Reichweite konzipiert.

GAZ-67

GAZ-67 war ein sowjetisches Mehrzweckfahrzeuge mit Allrad-Antrieb, welches vom Gorkowski Awtomobilny Sawod (GAZ) ab 1943 gebaut wurde (Wikipedia).